KB018290

셜록 홈즈 전집
1

셜록 홈즈 전집 *1*
Sherlock Holmes

주홍색 연구 | 아서 코난 도일
A Study in Scarlet | 백영미 옮김

황금가지

차례

britg.kr

종이책의 감성을 온라인으로
황금가지의
온라인 소설 플랫폼

인기 출판소설 무료 연재 중!

셜록 홈즈 전집의 한국어판은 미국의 Bantam Books에서 출간된 『*Sherlock Holmes: The Complete Novels and Stories*』를 저본으로 삼았습니다.

제1부

육군 군의관을 지낸 존 H. 왓슨의 회상

A Study in Scarlet

셜록 홈즈 씨

나는 1878년, 런던 대학교에서 의학 박사 학위를 취득하고 육군이 정한 외과 의사 교육 과정을 이수하기 위해 네틀리로 갔다. 교육이 끝난 뒤에 나는 부외과의로 노섬버랜드 제5보병 연대에 정식으로 배속되었다. 당시 연대는 인도에 주둔하고 있었는데 내가 부임하기도 전에 제2차 아프가니스탄 전쟁이 발발했다. 나는 봄베이 부두에 내리자마자 내가 배속된 부대가 이미 적지 깊숙이 들어가 있다는 것을 알았다. 하지만 나는 비슷한 처지의 다른 장교들과 함께 부대를 찾아 떠났고, 칸다하르에 무사히 도착한 뒤에 거기서 소속 연대를 찾아 합류했다. 나는 즉각 새롭게 부여받은 임무에 착수했다.

제2차 아프가니스탄 전쟁에 참전한 군인들 다수가 승진하고 훈장을 받았으나, 전쟁은 내게 불행과 재앙을 가져다주었을 뿐이었다. 나는 제5연대에서 전출되어 버크셔 연대에 배속되었다가 마이완드

대전에 참전했다. 거기서 나는 어깨에 총탄을 맞았는데 그것은 쇄
골하 동맥을 스치며 뼈를 으스러뜨렸다. 나의 당번병이었던 머레이
의 헌신과 용기가 아니었다면 나는 흉악한 이슬람 전사의 손아귀에
떨어졌을 것이 틀림없다. 머레이는 나를 짐 싣는 말에다 싣고 무사
히 영국군의 진지까지 데려다주었다.

　부상을 입은 데다 장시간 신고(辛苦)를 겪어 쇠약해진 나는 다른
부상병들과 함께 열차 편으로 페샤와르에 있는 기지 병원으로 후
송되었다. 여기서 몸이 회복되어 병상을 돌아다니고 베란다에서 일
광욕을 할 수 있을 정도까지 되었으나 우리 인도령의 저주인 장티
푸스로 덜컥 자리에 드러눕고 말았다. 나는 몇 달 동안 사경을 헤맨
끝에 겨우 의식을 되찾고 회복기에 접어들었다. 내가 너무 쇠약하

고 수척해진 것을 보고 의무국에서는 당장 나를 본국으로 송환하기로 결정했다. 그래서 나는 영국으로 가는 수송선 오론테스호를 탔고 한 달 뒤에 포츠머스 부두에 내렸다. 건강은 돌이킬 수 없을 정도로 망가진 상태였지만 정부의 배려로 앞으로 9개월간 요양에만 전념할 수 있게 되었다.

영국에 피붙이라곤 없었으므로 나는 공기처럼 자유로웠다. 아니 하루 11실링 6펜스의 수입이 한 사내에게 허용하는 만큼만 자유로웠다. 이러한 상황에서 내가, 제국의 온갖 한량과 놈팡이 들이 쇠붙이가 자석에 들러붙듯 끌려가는 런던을 향해 발길을 돌린 것은 자연스러운 일이었다. 런던에서 나는 스트랜드가의 어느 고급 호텔에 체류하며 한동안 쓸쓸하고 무의미한 생활을 이어갔다. 나는 주머니 사정이 허락하는 한도 이상으로 돈을 써댔고, 재정 상태가 파탄 지경에 이르러서야 이제는 대도시를 떠나 시골에 자리 잡든지, 그동안의 생활 방식을 완전히 바꿔야 한다는 사실을 깨달았다. 후자를 선택한 나는 호텔을 나와 좀 더 소박하고 비용이 적게 드는 주거로 옮기기로 마음먹었다.

이렇게 결심한 바로 그날, 크리테리온 바에서 누가 어깨를 툭 쳐서 돌아보니 세인트바솔로뮤 병원에서 나의 수술 조수 노릇을 하던 스탬퍼드 군이 눈앞에 서 있었다. 황량한 대도시 런던에서 반가운 얼굴을 만나는 것은 나같이 외로운 사나이에게는 기쁘기 한량없는 일이다. 예전에 스탬퍼드와 아주 각별한 사이는 아니었지만 그래도 나는 그를 보고 감격의 환성을 올렸고, 그 또한 나를 보고 퍽이나 반가운 눈치였다. 나는 기쁜 나머지 그에게 홀본에서 점심이나 같이하자고 청했고 우리는 이륜마차를 잡아탔다.

"왓슨 박사님, 무슨 일이 있었습니까?"

마차를 타고 런던의 복잡한 거리를 달리는 동안 스탬퍼드 군은 놀라움을 감추지 못하고 물었다.

"박사님은 꼬챙이처럼 마르고 도토리처럼 누렇게 뜨셨군요."

나는 그동안 겪은 일들에 관해 짧게 설명한다고 했지만 마차가 목적지에 닿을 때까지도 내 얘기는 끝나지 않았다.

"정말 안됐군요!"

스탬퍼드 군은 나의 불운에 관한 얘기를 들은 뒤 혀를 차며 말했다.

"그런데 이제는 어떻게 하시려고요?"

"하숙을 구할 생각이네."

나는 대답했다.

"적당한 비용으로 편안한 숙소를 얻으려고 지금 알아보고 있는 중이지."

"거참 이상한 일이군요."

옛 친구가 대답했다.

"오늘 누가 제 앞에서 바로 그런 얘기를 했거든요."

"그게 누군데?"

나는 물었다.

"병원의 화학 실험실에 있는 친구지요. 오늘 아침에 그 친구가 근사한 하숙집을 봐뒀는데 집을 혼자 쓰기에는 주머니 사정이 허락지 않고, 하지만 같이 살 사람은 없다면서 한탄하더군요."

"잘됐군!"

나는 외쳤다.

"그 사람이 같이 하숙할 사람을 구하고 있는 게 사실이라면 정말 잘된 일이야. 나도 혼자 지내는 것보다는 누구랑 같이 사는 게 더 낫거든."

스탬퍼드 군은 포도주 잔 너머로 나를 쳐다보았는데 그 눈길이 다소 야릇하게 느껴졌다. 그가 말했다.

"박사님은 셜록 홈즈를 잘 모르시는데, 같이 살게 되면 그가 별로 마음에 들지 않으실 겁니다."

"왜, 그 사람한테 뭐 안 좋은 점이라도 있나?"

"아, 그 친구한테 무슨 나쁜 점이 있다는 것은 아닙니다. 하지만 생각하는 게 약간 괴상하고 과학의 광신자이지요. 사람됨은 점잖은 걸로 알고 있습니다만."

"의대 학생인가 보지?"

나는 넌지시 물었다.

"아니요. 그가 어떤 목표를 가지고 있는지는 잘 모릅니다. 셜록 홈즈는 해부학에 조예가 깊고, 또 화학자로는 일급입니다. 하지만 제가 아는 한 체계적인 의학 공부를 한 적은 없습니다. 공부하는 분야는 산만하지만, 희한한 지식을 머리에 잔뜩 담아두고 있어서 교수들까지 놀랄 정도입니다."

"그의 목표가 뭔지 물어본 적은 없나?"

나는 물었다.

"예. 그 친구한테 말을 시키는 것이 쉬운 일이 아니라서요. 하긴, 무슨 생각에 사로잡혀 있을 때는 굉장히 수다스러워지기도 한답니다."

"그 사람을 한번 만나보고 싶군."

나는 말했다.

"다른 사람과 공동으로 하숙집을 쓰게 된다면 이왕이면 다홍치마라고, 학구적이고 조용한 생활 습관을 가진 사람이 좋다네. 난 지금 심한 소음이나 자극을 견딜 만큼 건강하지는 못하거든. 또 소음이나 자극이라면 아프가니스탄에서 실컷 겪어봤기 때문에 사회에 나와서도 그렇게 살아야 한다면 못 견딜 것 같으이. 그 친구는 어딜 가야 만날 수 있나?"

"아마 실험실에 있을 겁니다."

나의 벗이 말했다.

"몇 주 동안 모습을 드러내지 않다가도 마음 내키면 온종일 거기 틀어박혀서 연구에 몰두하지요. 선생님만 좋으시다면 점심 후에 한번 들러보도록 하겠습니다."

"그거 좋지."

나는 대답했고 대화는 다른 방향으로 흘러갔다.

홀본을 나와 세인트바솔로뮤 병원을 향해 가는 동안, 스탬퍼드는 내가 동거인으로 낙점한 신사에 대한 이야기를 몇 가지 더 늘어놓았다.

"그 친구와 잘 지내지 못하더라도 저를 원망하시면 안 됩니다."

스탬퍼드는 말했다.

"제가 그 친구에 대해 아는 거라곤 실험실에서 가끔 만났을 때 보고 들은 것밖에 없으니까요. 하숙집을 같이 쓰겠다는 말을 꺼낸 쪽은 선생님이니까 저한테 책임을 떠넘기시면 안 됩니다."

"같이 지내기 힘들면 갈라서면 되지."

나는 대답했다. 그리고 후배의 얼굴을 찬찬히 들여다보며 덧붙였다.

"그런데 스탬퍼드 군, 자네가 자꾸 발을 빼려고 하는 데는 그럴 만한 이유가 있을 것 같은데. 그 친구의 성격이 보통이 아닌가 보지? 그게 아니면 뭔가? 탁 터놓고 말해 보게."

"표현할 수 없는 것을 표현하는 것은 쉬운 일이 아니지요."

스탬퍼드는 웃으며 말했다.

"제가 보기에 홈즈의 학구열은 다소 과한 데가 있습니다. 그게 거의 냉혈한에 가까운 수준이 되니까요. 그는 최근에 발견된 알칼로이드(식물체 속에 들어 있는 질소를 함유한 염기성 유기 화합물의 총칭. 동물에 대해 특이하고 강력한 생리 작용을 가지는 것들이 많은데 약리 작용과 함께 독 작용도 일으킨다 ―옮긴이)를 서슴지 않고 친구에게 투여할 위인입니다. 무슨 악의가 있어서가 아니라 약효를 정확하게 이해하려는 순수한 탐구 정신에서 말이지요. 물론 공정하게 말하자면 자기 자신한테도 똑같은 행동을 할 거라는 얘기를 덧붙여야 할 겁니다. 그 친구는 명확하고 엄밀한 지식에 굶주려 있는 것 같습니다."

"그것도 아주 괜찮은데."

"그렇지요. 하지만 그게 좀 과하니까요. 해부실에서 실험동물을 막대기로 두들겨 패는 지경에 이르면 좀 섬뜩해 보이지요."

"실험동물을 두들겨 팬다고!"

"예, 사체에 멍이 얼마나 많이 생길 수 있는지 확인하기 위해서 말입니다. 저는 그 친구가 그런 짓을 하는 장면을 직접 목격했습니다."

"그런데 그가 의대생이 아니라고?"

"예. 그 친구의 연구 목표가 무엇인지는 아무도 모릅니다. 하지만 이제 다 왔으니까 박사님이 직접 보고 판단하십시오."

그가 말하는 동안 우리는 골목으로 접어들어 큰 병원의 부속 건물로 통하는 작은 옆문으로 들어갔다. 그곳은 내게 아주 익숙한 곳이어서 길 안내 같은 것은 전혀 필요 없었다. 우리는 삭막한 돌계단을 올라가 긴 복도를 따라 걸었다. 복도 좌우의 벽은 희게 칠해져 있었고 어두운 갈색 문이 늘어서 있었다. 복도 끝에 가까워졌을 무렵 낮은 아치형 통로가 갈라져 나와 화학 실험실로 이어져 있었다.

천장이 높은 실험실 방에는 수많은 병들이 즐비하게 늘어서 있었다. 이곳저곳의 넓고 야트막한 탁자에는 증류기와 시험관, 푸른 불꽃이 날름거리는 작은 분젠 가스램프 들이 빽빽이 놓여 있었다. 실험실엔 오직 한 사람이 저만치 떨어진 탁자 앞에서 몸을 굽히고 뭔가를 하고 있었다. 그는 발소리에 흘끗 뒤돌아보더니 환호성을 올리며 허리를 폈다.

"드디어 발견했소! 내가 말이오!"

그는 시험관을 든 채 이쪽으로 달려오며 스탬퍼드 군을 향해 소리 질렀다.

"나는 혈액 속의 헤모글로빈에 의해서만 침전되는 시약을 발견했소이다."

설령 금맥을 찾아냈다 해도 이처럼 기뻐할 순 없을 것이다.

"왓슨 박사님, 이쪽이 셜록 홈즈 씨입니다."

스탬퍼드는 우리를 소개시켜 주었다.

"안녕하십니까?"

그는 정이 담뿍 담긴 목소리로 인사하며 내 손을 쥐었는데 그의 손아귀 힘이 만만치 않았다.

"아프가니스탄에 있다가 오셨군요."

"대관절 그걸 어떻게 아셨습니까?"

나는 깜짝 놀라 물었다.

"신경 쓰지 마십시오."

그는 혼자 쿡쿡 웃으며 말했다.

"이제 문제는 헤모글로빈이 존재하는지 여부입니다. 이 발견의 의미를 아시겠지요?"

"화학적으로는 대단히 흥미로운 발견임에 틀림없습니다."

나는 대답했다.

"하지만 실용적으로는……."

"아니, 이보시오, 이건 근래 들어 가장 실용적인 법의학적 발견입니다. 이게 핏자국이 있는지 여부를 밝혀내는 백발백중의 검사법이라는 걸 모르신단 말입니까? 자, 이리 좀 와보세요!"

그는 핏대를 세우며 자신이 연구하고 있던 탁자로 날 잡아끌었다.

"어디, 피를 좀 내야겠군요."

그는 긴 핀셋으로 손가락을 찌른 다음 피를 한 방울 내어 피펫(화학 실험 기구로 일정한 양의 액체를 재는 가는 유리관 —옮긴이)으로 빨아올렸다.

"자, 소량의 혈액을 물 1리터에 섞겠습니다. 보다시피 이 혼합액은 순수한 물과 다를 바 없습니다. 물과 혈액의 비율은 100만 분의 1도 안 될 겁니다. 그러나 반드시 특징적인 반응이 나타날 겁니다."

그는 말을 하는 한편 용기에 하얀 결정 몇 개를 던져 넣고 투명한 액체를 몇 방울 첨가했다. 순식간에 액체는 혼탁한 적갈색으로 변했고, 유리병 바닥에 갈색 입자가 가라앉았다.

"핫핫!"

그는 손뼉을 치며 소리를 질렀다. 마치 새 장난감을 보고 기뻐하는 아이 같았다.

"어떻습니까?"

"아주 정밀한 검사인 것 같군요."

나는 한마디 했다.

"기가 막혀요! 정말 기가 막힙니다! 기존의 과이액 수지(유창목에서 나온 자연 유출물이 고화된 것 —옮긴이) 검사는 아주 조잡하고 불확실한 검사법이었습니다. 현미경으로 적혈구를 찾아내는 검사도 마찬가지고요. 특히 현미경 검사는 피가 묻은 지 몇 시간만 경과해도 결과를 신뢰할 수 없게 되어버립니다. 그런데 이 검사법은 오래된 혈액에도 똑같이 작용하는 것 같습니다. 이 검사법이 진작에 발견됐다면, 지금 대로를 활보하고 있는 수백 명의 범죄자들이 예전에 죗값을 치렀을 것입니다."

"그렇군요!"

나는 중얼거렸다.

"범죄 수사는 어느 한 지점에서 매번 벽에 부닥치곤 했습니다. 누군가 용의 선상에 떠오르는 것은 사건이 일어난 지 몇 달 뒤일 수도 있지요. 그런데 용의자의 이불과 옷을 조사해 보니 갈색 얼룩이 발견되었습니다. 그것은 핏자국일까요, 흙탕물 자국일까요, 아니면 녹물이나 과즙 얼룩일까요? 바로 이것이 수많은 수사관들을 괴롭혀온 문제입니다. 왜냐? 믿을 만한 검사법이 없었으니까요. 그런데 이제 셜록 홈즈 검사법이 탄생했으니 문제는 해결된 겁니다."

그는 눈을 빛내며 말했다. 그리고 박수갈채를 보내는 관중들의 모습이 눈앞에 떠오른 듯 손을 가슴에 대고 정중히 인사했다.

"축하드려야겠군요."

나는 그의 열광하는 모습에 눈이 휘둥그레져서 말했다.

"작년 독일 프랑크푸르트에서 폰 비쇼프 사건이 터졌지요. 그때 이 검사법이 있었다면 그자는 분명히 교수대로 직행했을 겁니다. 또 브래드포드의 메이슨과 악명 높은 멀러, 프랑스 몽펠리에의 르페브르, 미국 뉴올리언스의 샘슨이 있습니다. 나는 이 검사법을 통해 결정적으로 유죄를 입증할 수도 있었을 사건을 한 스무 가지는 알고 있어요."

"홈즈 씨는 영락없이 걸어 다니는 범죄 연감이십니다."

스탬퍼드는 웃으며 말했다.

"그런 내용을 가지고 신문을 만들어도 되겠습니다. 신문 이름은 《경찰 구문(舊聞)》으로 하지요."

"그건 상당히 흥미로운 읽을거리가 될 겁니다."

셜록 홈즈는 핀으로 찌른 손가락에 조그만 반창고를 붙이며 말했다.

"조심해야 해요."

그는 나를 보고 빙긋이 웃으며 말했다.

"왜냐하면 독극물이 튀는 일이 많거든요."

그는 손을 펴서 보여주었다. 그 손에는 작은 반창고 조각이 수없이 붙어 있을 뿐 아니라 강산(强酸) 때문에 여기저기 변색돼 있었다.

"우린 볼일이 있어서 여기 들렀습니다."

스탬퍼드는 높다란 삼발이 의자에 앉으면서 발끝으로 의자를 내게 밀어주었다.

"여기 이분이 하숙을 구하고 계십니다. 홈즈 씨도 같이 하숙할 사람을 구하지 못해서 걱정하셨지요? 그래서 두 분을 만나게 해드리는 게 좋겠다고 생각했습니다."

셜록 홈즈는 나와 하숙집을 같이 쓴다는 생각에 내심 흐뭇한 눈치였다. 그가 말했다.

"나는 베이커가의 2층 독채를 봐놨습니다. 우리한테 꼭 맞을 만한 집이지요. 혹시 독한 담배 연기를 싫어하시는지요?"

"제가 늘 '십스'를 피우는 형편인걸요."

나는 대답했다.

"그것참 잘됐군요. 그런데 나는 화학 약품을 집에 갖다 놓고 이따금씩 실험도 한답니다. 그것도 괜찮으시겠습니까?"

"상관없습니다."

"어디 보자, 또 무슨 단점이 있더라? 아, 나는 가끔씩 우울증에 빠져서 며칠씩 입을 꾹 다물고 있을 때가 있습니다. 그럴 때 제가 화가 나서 그러는 거라고 생각하진 마십쇼. 그냥 내버려두면 다시 괜찮아지니까요. 이제 왓슨 박사께선 무슨 고백을 하시렵니까? 같이 살기 전에 자신의 단점이나 악습을 미리 알려주는 게 좋아요."

나는 홈즈의 이런 반대 신문에 웃음을 터뜨렸다.

"나는 불도그 새끼를 한 마리 키우고 있습니다. 그리고 요즘은 신경이 날카로워져서 시끄러운 건 견디지 못합니다. 또 잠자리에서 일어나는 시간이 불규칙하고 말할 수 없이 게으르지요. 몸이 건강할 때는 나쁜 습관이 더 있었는데 지금은 이 정도입니다."

"혹시 시끄러운 소리에 바이올린 연주도 포함됩니까?"

홈즈는 불안한 듯 물었다.

"그건 연주자에 따라서 다르지요."

나는 대답했다.

"훌륭한 연주는 신에게 바치는 찬양이지만 형편없는 연주는……."

"아, 그럼 됐습니다."

그는 활짝 웃으며 소리쳤다.

"전혀 문제가 없겠군요. 물론, 하숙집이 마음에 드신다면 말입니다."

"집은 언제 보러 갈까요?"

"내일 정오에 여기로 와주십시오. 그러면 같이 가서 일을 매듭짓도록 하지요."

그는 대답했다.

"좋습니다. 열두시 정각에 오겠습니다."

나는 그와 악수를 나누며 말했다.

셜록 홈즈는 실험을 계속했고 우리는 실험실을 나왔다. 우리는 내가 머물고 있는 호텔을 향해 걷기 시작했다.

"그런데 말이지……."

나는 불현듯 걸음을 멈추고 스탬퍼드를 향해 돌아서며 물었다.

"그 친구는 내가 아프가니스탄에서 왔다는 걸 도대체 어떻게 알았을까?"

옛 친구는 고개를 저으며 피식 웃었다.

"그래서 그 친구가 괴짜라는 겁니다."

스탬퍼드는 말했다.

"대체 그런 걸 어떻게 알아내는지 알고 싶어 하는 사람이 한둘이 아니지요."

"오! 그럼 그게 수수께끼란 말인가?"

나는 두 손을 비비며 외쳤다.

"그것참 재미있군. 난 자네가 우리 둘을 맺어준 것에 대해 정말 감사하네. '인류의 진정한 연구 대상은 인간이다.'란 말이 있잖은가."

"그러면 그 친구를 연구 대상으로 삼으면 되겠군요."

스탬퍼드는 내게 작별을 고하며 말했다.

"하지만 결국은 그가 얼마나 종잡을 수 없는 인간인지를 알게 될 뿐일 겁니다. 박사님이 그 친구에 대해서 알아낸 것보다는 그 친구가 박사님에 대해 알아내는 것이 더 많을 거예요. 그건 안 봐도 뻔합니다. 그럼 안녕히."

"잘 가게."

나는 대답하고 새 친구에 대해 부쩍 호기심이 동하는 걸 느끼며 호텔을 향해 천천히 걸어갔다.

추리의 과학

　다음 날 홈즈와 나는 정한 시간에 만나서 그가 말했던 베이커가 221B번지의 집을 살펴보았다. 하숙집은 안락한 침실 두 개와 공기가 잘 통하는 큰 거실 하나로 되어 있었다. 거실에는 밝은 색깔의 가구들이 놓여 있었고, 두 개의 넓은 창으로 햇빛이 들어왔다. 집은 어느 모로 보나 흠잡을 데가 없었고, 하숙 비용도 둘이 나누니 적당한 수준이어서 우리는 즉석에서 입주 계약을 체결했다. 그리고 나는 그날 당장 어두워지기 전에 호텔에서 소지품을 옮겨 왔고, 셜록홈즈는 다음 날 아침 몇 개의 상자와 트렁크 들을 가지고 뒤따라 들어왔다. 하루 이틀 동안은 짐을 풀고 물건을 적당한 장소에 배치하느라 바빴다. 짐 정리를 끝내자 우리는 새로운 환경에 적응해 가며 점차 생활에 틀이 잡히기 시작했다.

　홈즈는 같이 살기에 그리 까다로운 사람은 아니었다. 그는 조용했고 생활 습관이 규칙적이었다. 밤 열시가 지나도록 깨어 있는 일은 드물었고, 아침은 꼭 챙겨 먹고 내가 자리에서 일어나기도 전에 집을 나갔다. 그는 어떤 날은 화학 실험실에서 하루를 보냈고, 어떤 날은 해부실에서 시간을 보냈는데 가끔은 한참씩 걸어서 도시의 변두리까지 나가는 것 같기도 했다. 일단 공부에 대한 열의가 솟구치면 그 열정은 무엇으로도 억제할 수 없었다. 그러나 이따금씩 그에 대한 반작용이 일어났고, 그러면 아침부터 밤까지 입을 꾹 다문 채 손가락 하나 까딱 않고 며칠씩 거실 소파에 누워 있곤 했다. 이럴 때 셜록 홈즈의 두 눈에는 꿈꾸는 듯한 텅 빈 표정이 떠올랐고, 그의 금욕적이고 청결한 삶만 아니라면 혹시 마약에 취해 있는 게 아닐까 하는 의심이 들 정도였다.

시간이 흘러가면서 셜록 홈즈라는 인물과 그의 삶의 목표에 대한 궁금증은 점점 더해졌다. 그의 사람됨과 외모는 아무 생각 없이 쳐다보는 사람에게조차 관심을 끄는 데가 있었다. 그는 원래 키가 1미터 80센티미터가 넘었는데 너무나 깡말라서 훨씬 더 커 보였다. 눈은 내가 앞서 언급했던 그런 무기력 상태에 있을 때를 제외하면 찌르는 듯이 날카로웠다. 살집이 없는 매부리코는 전체적으로 기민하고 단호한 인상을 주었다. 각지고 돌출한 턱 또한 결단력 있는 사람이라는 느낌을 주었다. 두 손은 언제 봐도 잉크가 튀고 화학 약품으로 얼룩져 있었지만 뛰어난 촉각을 간직하고 있어서, 섬세한 악기 바이올린을 교묘한 솜씨로 다루곤 했다.

이 사내가 얼마나 나의 호기심을 자극했는지, 그리고 자신의 신변에 대한 그의 완강한 침묵을 깨기 위해 내가 얼마나 노력했는지 얘기하면, 독자들은 나를 구제불능의 참견꾼으로 낙인찍을지도 모른다. 그러나 그런 판단을 내리기 전에 독자 여러분께서는 그때 나의 삶이 얼마나 목적 없는 것이었고, 나의 흥미를 끄는 것이 얼마나 드물었는지 기억해 주시기 바란다. 나의 건강 상태는 날씨가 아주 좋을 때를 제외하고는 바깥출입도 하기 힘든 상태였다. 게다가 내게는 가끔 찾아와서 일상생활의 단조로움을 달래줄 친구들도 없었다. 이런 처지에서 나는 동거인을 둘러싼 작은 수수께끼 앞에서 환호하며 그것을 해명하는 데 거의 모든 시간을 바쳤다.

셜록 홈즈는 의학도가 아니었다. 나는 그 점에 관한 어떤 질문을 던져서 스탬퍼드의 주장을 확인했다. 또한 그는 어떤 과학 분야에서 학위를 따기 위해 공부하는 것 같지도 않았고, 학문의 세계에 정식으로 입문할 생각이 있는 것 같지도 않았다. 그러나 특정 분야에 대해서는 열성이 지극해서, 기묘한 범위 내에서 그의 지식은 말할 수 없이 풍부하고 정밀했으며, 그의 뛰어난 관찰력 앞에서 나는 번번이 놀라움을 금치 못했다. 어떤 뚜렷한 목적이 없다면 그렇게 열심히 공부할 리도 없거니와 그토록 정밀한 지식을 쌓을 리도 없다. 닥치는 대로 책을 읽는 사람들은 좀처럼 정확한 지식을 쌓지 못한다. 아무 목적도 없이 그토록 사소한 것들로 정신에 부담을 지울 사람은 없는 것이다.

그런데 셜록 홈즈의 무지는 그의 지식만큼이나 인상적이었다. 그는 현대 문학, 철학, 정치에 관해 극히 초보적인 지식도 없는 듯했다. 내가 토머스 칼라일을 인용했을 때, 그는 아무렇지도 않게 칼라일이 누구이고 그가 무슨 일을 했는지 물었다. 그리고 우연한 기회에 그가 코페르니쿠스의 이론과 태양계의 구성에 대해 아무것도 모른다는 사실을 알았을 때 나의 놀라움은 절정에 달했다. 19세기를 사는 문명인이 지구가 태양 주위를 도는 걸 모른다는 게 도저히 이해되지 않았다.

"놀라신 모양이군요."

셜록 홈즈는 나의 아연실색한 표정을 보고 빙글거리며 말했다.

"이제 그걸 알았으니 앞으로는 다시 잊어버리기 위해 노력해야 할 겁니다."

"잊어버린다고요?"

"그렇습니다."

홈즈는 설명했다.

"나는 인간의 뇌가 본디 텅 빈 다락방과 같은 거라고 생각합니다. 사람들은 그 방에 가구를 골라서 채워 넣어야 합니다. 온갖 잡동사니를 닥치는 대로 쓸어 넣는 사람은 바봅니다. 왜냐하면 그렇게 하다가는 쓸모 있는 지식은 밀려 나오거나 다른 것들과 뒤죽박죽돼서 필요할 때 꺼내 쓰지 못하게 되니까요. 그래서 뛰어난 장인은 다락방에 넣어둘 것을 고르는데 극히 조심스럽지요. 그는 요긴하게 쓰이는 연장만 고를 겁니다. 또 구색을 잘 맞춰서 순서대로 넣어두어야 하지요. 그 조그만 방의 벽이 무한정 늘어서 무엇이든 다 넣을 수 있다고 생각하는 건 오산입니다. 그러면 어떤 지식을 더할 때마다 전에 알았던 것을 잊어버리는 시기가 오게 됩니다. 따라서 무엇보다 중요한 것은 아무짝에도 쓸모없는 사실이 유용한 지식을 밀어내지 않도록 주의하는 것이지요."

"하지만 태양계는!"

나는 따지고 들었다.

"대관절 그게 나한테 무슨 의미가 있겠습니까?"

셜록 홈즈는 참지 못하고 말허리를 잘랐다.

"박사는 방금 지구가 태양 주위를 돈다고 했습니다. 하지만 지구가 달 주위를 돈다고 해도 나나 내가 하는 일은 눈곱만큼도 달라지지 않을 겁니다."

나는 홈즈에게 그가 하는 일이 무엇인지 묻고 싶었지만 그의 태도를 보니 그런 질문을 반기지 않을 것 같았다. 그래서 나는 그와 나눈 짧은 대화에 대해 이모저모 생각해 보면서 그것을 바탕으로 추측해 보려고 애썼다. 그는 자신의 목표와 상관없는 지식은 필요 없다고 말했다. 그것은 그가 쌓은 지식 전부가 그에게는 쓸모 있는 것이라는 말과 똑같았다. 나는 그가 유난히 잘 알고 있는 듯한 분야를 마음속으로 따져보았다. 그리고 연필로 적어놓기까지 했다. 목록을 완성한 뒤에 나는 쾌재를 불렀다. 그것은 다음과 같았다.

셜록 홈즈 — 지식의 범위

1 문학에 대한 지식 전무함.

2 철학에 대한 지식 전무함.

3 천문학에 대한 지식 전무함.

4 정치에 대한 지식은 약간 있음.

5 식물학에 대한 지식은 편차가 큼. 벨라도나, 아편, 독성 물질 일반에 대해서는 해박하지만 실용적인 원예 지식은 전혀 없음.

6 지질학에 대한 지식은 실용적이지만 한계가 뚜렷함. 여러 종류의 토양을 한눈에 구별할 수 있음. 산책을 끝낸 뒤 나에게 바지에 흙탕물이 튄 자국을 보여주고, 흙의 색깔과 조성만으로 그 흙이 런던의 어느 지역에서 묻어 온 것인지를 말해 주었음.

7 화학에 대한 지식 해박함.

8 해부학에 대한 지식은 정확하지만 체계가 없음.

9 범죄 관련 문헌에 대한 지식은 놀라 자빠질 정도. 금세기에 저질러진 중범죄에 대해서는 모르는 것이 없는 눈치.

10 바이올린 연주는 수준급.

11 목검술, 펜싱, 권투 실력은 프로급.

12 영국 법에 대해서도 실용적인 지식이 꽤 있음.

여기까지 적고 난 뒤 나는 포기하고 종이를 불 속에 던져 넣었다. 그리고 혼잣말로 중얼거렸다.

"이걸 종합해서 이 모든 장기를 필요로 하는 직업이 뭔지 알아낼 수만 있다면……. 하지만 그런 시도는 당장 포기하는 게 낫겠군."

나는 위에서 홈즈의 바이올린 연주 솜씨에 대해 언급했다. 그의 연주 실력은 대단히 뛰어나지만 다른 장기에서도 그렇듯이 역시 기

묘한 데가 있었다. 나의 신청곡인 멘델스존의 「무언가」를 비롯해서 연주한 여러 명곡들을 보니 꽤 어려운 곡도 연주할 수 있는 듯했다. 그러나 그냥 놓아두면 그는 잘 알려진 곡을 연주하거나 애당초 어떤 음악적인 소리를 낼 생각은 도통 하지 않았다. 그는 저녁 무렵 안락의자에 편안히 앉아서 지그시 눈을 감은 채 깡깡이를 무릎에 올려놓고 되는대로 활을 그어대곤 했다. 어떤 때는 낭랑하고 구슬픈 소리가 흘러나오기도 했다. 가끔은 환상적이고 명랑한 소리가 났다. 그 소리는 분명히 지금 그를 사로잡고 있는 생각들을 반영하고 있었다. 그러나 음악이 그의 생각을 상승시키는 것인지, 단순히 어떤 스쳐 가는 심상을 드러낼 뿐인지는 도저히 알아낼 도리가 없었다. 하지만 내가 그 분통 터지는 독주를 견뎌낼 수 있었던 것은 대개는 그가 나의 인내심에 대한 보상 차원에서, 내가 좋아하는 곡들을 연달아 들려주는 것으로 연주를 끝냈기 때문이다.

첫 주에는 방문객이 없었기 때문에 나는 나의 동거인도 나처럼 사고무친한 신세인 줄로 알았다. 그러나 알고 보니 그에게는 지인들이 적지 않았다. 더구나 그를 찾아오는 사람들은 각양각색이었다. 그중에는 검은 눈동자에 쥐새끼처럼 생긴, 얼굴이 노리끼리해 보이는 사내가 있었다. 그는 레스트레이드 씨라고 했고 일주일에 서너 번씩 홈즈를 찾아왔다. 어느 날 아침에는 한껏 멋 부린 옷차림을 한 아가씨가 찾아와서 반 시간 정도 있다 간 적도 있었다. 같은 날 오후에는 희끗한 머리에 유대인 행상처럼 보이는 초라한 사내가 찾아왔다. 내가 보기에 그는 굉장히 흥분한 눈치였는데 그가 온 지 얼마 지나지 않아 발을 질질 끄는 늙수그레한 여인이 찾아왔다. 또 머리가 허옇게 센 신사가 찾아와서 나의 동거인과 이야기를 나눈 적도 있었다. 그리고 벨벳 제복을 입은 기차 사환이 찾아온 적도 있었다. 통 종잡을 수 없는 이런 인물들이 나타날 때마다 셜록 홈즈는 내게 거실을 좀 써야겠다는 청을 넣었고, 그때마다 나는 내 방으로 물러나곤 했다. 그는 이렇게 폐를 끼치는 것에 대해 항상 미안해하며 이렇게 말했다.

"저는 이 방을 사무실로 써야 합니다. 여기 오는 사람들은 저의 고객들이지요."

나는 그에게 단도직입적인 질문을 던질 기회를 다시 맞았지만, 상대의 고백을 듣고 싶은 마음을 다시 한번 조심스레 억눌렀다. 나는 그가 입을 다물고 있는 데에는 그럴 만한 이유가 있을 거라고 상상했지만, 뜻밖에 그는 얼마 후에 자진해서 얘기를 털어놓았다.

그때는 3월 4일이었는데 내가 날짜를 기억하는 데는 그럴 만한 이유가 있다. 나는 그날 평소보다 좀 일찍 일어났고 셜록 홈즈는 조반을 들고 있었다. 하숙집 주인아주머니는 내가 워낙 늦게 일어나는 것을 알고 있던 터라 내 식사는 물론 커피도 아직 가져다 놓지 않은 상태였다. 나는 어처구니없게도 짜증을 부리며 벨을 울려서 준비가 끝났다는 사실을 간단하게 알렸다. 그리고 동거인이 토스트를 우물거리고 있는 동안 시간을 죽일 요량으로 탁자 위에 놓인 잡지를 집어 들었다. 제목에 연필로 표시해 놓은 논문이 있었으므로 나는 자연스럽게 그쪽으로 시선을 주었다.

그것은 「인생의 서」라는 다소 거창한 제목의 논문이었는데, 관찰력이 뛰어난 인간이 정확하고 체계적인 고찰을 통해 주위의 모든 것을 얼마나 깊이 알 수 있는지에 관한 글이었다. 그것은 내게 기발하지만 우스꽝스러운 아이디어의 복합체로 보였다. 추론은 빈틈없이 논리적이었지만 결론은 억지스럽고 과장된 것으로 보였다. 저자는 언뜻 스치는 표정이나 근육의 떨림, 순간적인 눈빛만 봐도 한 인간의 내면에 있는 생각을 가늠할 수 있다고 주장했다. 저자에 따르면 관찰하고 분석하는 훈련을 쌓은 사람을 속이는 것은 불가능하다. 그는 자신이 내린 결론이 유클리드의 정리와 마찬가지로 확실한 것이라고 했다. 그리고 자신이 이러한 결론에 도달하게 된 과정을 미처 경험해 보지 못한 사람들에게 자신의 주장은 놀랍게만 생각될 것이고, 자신은 이들의 눈에 점쟁이로 비칠지도 모른다고 했다.

　저자는 이렇게 썼다.

　　논리적인 사람은, 바다를 보거나 폭포 소리를 듣지 않고도 한 방울의 물에서 대서양이나 나이아가라 폭포의 가능성을 추리해 낼 수 있다. 그래서 인생 전체는 하나의 거대한 사슬이 되고, 우리는 그 사슬의 일부를 보고 전체를 알 수 있는 것이다. 다른 기술과 마찬가지로, 추론 및 분석의 과학은 장기간의 끈질긴 연구를 통해서만 익힐 수 있고, 유한한 인생살이에서 그것을 최고도로 완성하는 것은 불가능하다. 특히 난해한 인간의 정신적 도덕적 측면에 눈을 돌리기 전에, 보다 초보적인 문제에 통달하는 것을 목표로 삼는 게 좋다. 타인을 만날 때, 그 사람의 역사와 직업을 첫눈에 알아보는 법을 배우도록 하자. 그러한 연습이 철없는 행동으로 비칠 수도 있지만, 그것을 통해 관찰 능력을 기르고 어디를 보고 무엇을 찾아야 할지 알 수 있게 된다. 상대방의 손톱, 코트 소매, 구두, 바지 무릎, 엄지와 검지에 박인 못, 표정, 셔츠 소매……, 이러한 것들을 유심히 살펴보면 상대의 직업을 쉽게 알 수 있다. 뛰어난 관찰자가 이 모든 정보를 가지고 추리에 실패한다는 것은 거의 생각할 수 없는 일이다.

"세상에 이런 걸 글이라고!"

나는 잡지책을 탁자 위에 탕 소리가 나도록 내려놓으며 소리쳤다.

"내 평생 이런 쓰레기 같은 글은 처음이군."

"왜 그러십니까?"

셜록 홈즈가 물었다.

"아니, 이 기사 좀 보십시오."

나는 식탁에 앉으면서 에그 스푼으로 문제의 논문을 가리켰다.

"표시가 돼 있는 걸 보니 홈즈 씨도 이걸 읽으셨나 보군요. 나는 이 논문이 나름대로 논리적이라는 건 부정하지 않습니다. 하지만 도저히 수긍할 수 없습니다. 이건 분명히 온종일 방에 틀어박혀서 이상한 쪽으로 머리를 쓰는 백면서생의 이론일 겁니다. 실용성이라 곤 전혀 없어요. 나는 녀석을 지하철 삼등실에 태우고 거기 탄 사람들의 직업을 맞혀보라고 하고 싶습니다. 난 맞히지 못하는 쪽에 1000 대 1로 걸겠습니다."

"박사께서 돈을 잃으실 텐데요."

홈즈는 침착하게 말했다.

"말이 나왔으니 말인데 그 논문을 쓴 건 바로 이 사람입니다."

"당신이!"

"예. 나는 관찰과 추리 쪽에 걸겠습니다. 내가 저기서 설명한 이론이 터무니없다고 생각하시는 모양인데 사실은 대단히 실용적인 이론이지요. 그게 어느 정도냐 하면 나는 저 이론을 가지고 빵을 법니다."

"그런데 어떻게?"

나도 모르게 불쑥 질문이 튀어나왔다.

"음, 나는 어떤 일을 하고 있습니다. 이런 일을 하는 사람은 아마

세계에서 나 혼자일 겁니다. 이해하실 수 있을지 모르겠지만 나는 자문 탐정입니다. 여기 런던에는 형사들도 많지만 사립 탐정도 많지요. 이 사람들이 난관에 봉착했을 때 나를 찾아오면 나는 이들에게 옳은 단서를 지적해 줍니다. 내 앞에 증거를 다 내놓으면 나는 범죄사에 대한 지식을 바탕으로 추리를 발전시킬 수 있습니다. 무릇 악행에는 강한 가족적 유사성이 있답니다. 그래서 천 가지 범죄 행위를 시시콜콜한 부분까지 꿰고 있다면 천한 번째 범행의 비밀을 푸는 것은 식은 죽 먹기이지요. 레스트레이드는 유명한 형사입니다. 최근에 어떤 화폐 위조 사건을 수사하다가 벽에 부닥치는 바람에 여기까지 오게 됐지요."

"그러면 다른 사람들은?"

"그 사람들은 주로 사설 조사 기관의 소개로 온 사람들이지요. 한결같이 곤란한 일에 휘말려서 약간의 깨우침을 필요로 하는 이들입니다. 나는 그들의 이야기를 듣고 그들은 내 설명을 듣습니다. 그다음에 나는 사례금을 챙기지요."

"하지만 방금 한 얘기는 홈즈 씨가 방에서 한 발자국도 움직이지 않고, 다른 사람들이 직접 목격하고도 이해하지 못한 사건의 실마리를 풀 수 있다는 것입니까?"

나는 말했다.

"바로 그겁니다. 나는 그런 일에 대해 어떤 직관을 가지고 있습니다. 어떤 때는 사건이 좀 더 복잡할 때가 있지요. 그러면 나는 꼼지락거리고 나가서 내 눈으로 직접 확인해야 합니다. 아시겠지만 나에게는 문제에 적용시켜 볼 수 있는 특수한 지식이 많이 있고, 그것은 문제 해결에 큰 도움이 됩니다. 저 논문에 쓰여 있는 추리의 법칙에 대해 박사께선 코웃음 쳤지만 내가 하는 일에 그것은 굉장히 요긴하게 쓰이지요. 나에게 관찰은 제2의 천성과 같은 것입니다. 처음 만났을 때 제가 박사님에게 아프가니스탄에서 왔다고 말하자 좀 놀라시는 것 같더군요."

"누구한테 그 얘기를 들으셨겠지요."

"전혀 그렇지 않습니다. 나는 박사가 아프가니스탄에서 왔다는 사실을 알고 있었습니다. 아주 습관이 되어버린 탓에 수많은 생각이 한꺼번에 머릿속을 스쳐 갔고, 나는 중간 단계를 의식하지 못한 채 결론에 도달했습니다. 하지만 중간 단계는 있었습니다. 그 과정을 구구절절 설명하자면 이렇습니다. '이 신사는 의사 같지만 그러면서도 군인 같은 분위기를 풍긴다. 그러면 군의관이 분명하다. 얼굴빛이 검은 것으로 보아 열대 지방에서 귀국한 지 얼마 안 되는 것 같다. 손목이 흰 걸 보면 살빛이 원래 검지 않다는 것을 알 수 있다. 얼굴이 해쓱한 것은 고생을 많이 하고 병에 시달렸기 때문이겠지. 왼팔에 부상을 입은 적이 있나 보다. 왼팔의 움직임이 뻣뻣하고 부자연스럽다. 열대 지방에서 영국 군의관이 그렇게 심하게 고생하고 팔에 부상까지 입을 만한 곳이 어디일까? 분명히 아프가니스탄이다.' 이러한 생각들이 1초도 안 되는 사이에 스쳐 갔습니다. 그래서 나는 박사가 아프가니스탄에서 왔다고 한마디 슬쩍 건넸고, 박사는 깜짝 놀란 것이지요."

"설명을 듣고 보니 간단하군요."

나는 웃음 띤 얼굴로 말했다.

"홈즈 씨를 보니 에드거 앨런 포의 뒤팽이 생각납니다. 나는 그런 소설 속의 인물이 실제로 존재할 거라고는 생각지 못했습니다."

셜록 홈즈는 벌떡 일어나서 파이프에 불을 붙였다.

"저를 뒤팽과 비교하신 것은 저를 칭찬해 주시려는 뜻으로 압니다."

그는 천천히 말했다.

"하지만 제가 보기에 뒤팽은 수준 낮은 탐정입니다. 15분간 침묵을 지킨 다음에 그럴듯한 말로 친구들의 생각을 방해하는 수법은 아주 천박하고 자기 과시적인 것이지요. 물론 그에게 천재적 분석 능력이 있는 것은 사실입니다. 하지만 그는 포가 의도했던 것 같은 그런 비범한 인물은 결코 아니었지요."

"가보리오의 작품을 읽어본 적이 있으십니까? 홈즈 씨가 보기에 르콕 탐정은 어떻습니까?"

내가 물었다.

셜록 홈즈는 차갑게 코웃음을 쳤다.

"르콕은 형편없는 인물이지요."

그는 성난 목소리로 말했다.

"괜찮게 봐줄 만한 것은 그의 의욕뿐입니다. 나는 그 책을 읽으면서 정말 속이 뒤집혔습니다. 문제는 죄수들 중에서 어떻게 범인을 찾아내느냐는 것이었지요. 나라면 그런 문제는 24시간 안에 해결할 수 있었을 겁니다. 그런데 르콕에게는 여섯 달이 걸렸습니다. 그 책은 탐정들에게 해서는 안 되는 일에 대해 가르치는 교본으로 쓰일 수는 있겠습니다."

내가 정말 좋아하는 소설 속의 두 인물을 그렇게 오만하게 난도질하는 것을 보고 나는 비위가 상했다. 나는 창가로 다가가 번잡한 거리를 내다보았다.

'저 친구 머리는 아주 좋은 것 같군. 하지만 한마디로 안하무인이야.'

나는 속으로 생각했다.

"요즘은 이렇다 할 범죄도 없고 범죄자도 없습니다."

셜록 홈즈는 불만스럽게 말했다.

"그쪽으로 비상한 머리를 갖고 있으면 뭘 합니까? 내게 이름을 떨칠 수 있을 만한 재능이 있는 건 분명합니다. 범죄 수사에 대해 나 정도의 소질을 타고났거나 나만큼 연구한 사람은 전무후무하니까요. 그런데 그 결과는 무엇입니까? 수사해야 할 범죄가 없거나, 아니면 기껏해야 런던 경찰국의 형사조차 훤히 들여다볼 수 있는 그런 얕은꾀를 부리는 서툰 악당밖에 없으니 말입니다."

나는 그의 오만방자한 말투가 여전히 기분 나빴다. 나는 화제를 바꾸는 게 최선이라고 생각했다.

"그런데 저 친구는 뭘 찾고 있는지 모르겠군요?"

나는 길 건너편의 평상복 차림의 건장한 사내를 가리키며 물었다. 그는 천천히 내려오며 열심히 문패를 읽고 있었는데 커다란 푸른 봉투를 들고 있는 것으로 보아 그것을 전해 주러 온 심부름꾼임에 틀림없었다.

"저 해병 부사관 출신의 제대 군인 말씀이십니까?"

셜록 홈즈가 말했다.

'허풍하고는!'

나는 속으로 생각했다.

'무슨 말을 하든 나로서는 확인해 볼 방법이 없다는 거겠지.'

내가 그런 생각을 하고 있을 때, 문제의 사내는 우리 집 문패를 보더니 얼른 길을 건넜다. 아래층에서 큰 소리로 문 두드리는 소리가 났고 굵은 목소리가 들려왔다. 그러더니 무거운 발소리가 계단을 올라왔다.

"셜록 홈즈 씨에게 전해 달랍니다."

방에 들어온 사내는 내 동거인에게 봉투를 건넸다.

그가 한 말의 진위를 가릴 수 있는 기회가 찾아온 것이다. 홈즈는 아까 입에서 나오는 대로 대답할 때는 이런 일이 생길 줄 몰랐을 것이다.

"한 가지만 물어보겠네."

나는 한껏 부드러운 목소리로 말했다.

"자네 직업이 뭔가?"

"제대 군인 조합 소속의 심부름꾼입니다, 선생님."

사내는 무뚝뚝하게 대답했다.

"제복은 수선집에 맡겨놓았지요."

"그러면 전에는?"

나는 동거인을 심술궂은 눈으로 흘끗 쳐다보고 물었다.

"부사관이었습니다, 선생님. 영국 해병대 경보병이었지요. 답장은 없습니까? 알겠습니다."

사내는 두 발을 척 붙이더니 거수경례를 하고 방을 나갔다.

로리스턴 가든 사건

　나는 내 동거인의 이론이 얼마나 실용적인지를 증명해 준 이 새로운 증거 앞에서 적지 않게 놀랐다는 것을 고백해 둔다. 그의 분석 능력에 대한 존경심이 커졌다. 하지만 내 마음속에는 아직도 이 모든 것이 나를 현혹시키기 위해 사전에 계획한 일은 아니었을까 하는 의구심이 도사리고 있었다. 물론 그가 나를 속여서 대체 뭘 얻으려는 건지는 알 수 없었지만 말이다. 홈즈를 쳐다보니 그는 이미 편지를 다 읽은 상태였다. 그의 눈은 빛이 꺼졌고 텅 빈 듯했다. 그는 방심 상태에 빠져 있는 것이 틀림없었다.

　"대관절 그건 어떻게 추리해 냈습니까?"

　나는 물었다.

　"추리하다니, 뭘요?"

　홈즈는 짜증스럽게 말했다.

"아니, 방금 다녀간 사람이 해병대 부사관 출신이라는 것 말이오."

"난 사소한 문제에 신경 쓸 시간이 없소이다."

홈즈는 퉁명스럽게 말했다가 이내 빙그레 웃었다.

"제 무례함을 용서해 주시기 바랍니다. 박사님은 제 생각의 고리를 끊어놓으셨습니다. 하지만 괜찮습니다. 그런데 그 사람이 해병대 출신이라는 걸 못 알아보셨나 보군요?"

"예, 그렇습니다."

"그건 알기는 쉽지만 설명하기는 좀 어려운 문제이지요. 만약 누가 2 더하기 2가 4라는 걸 증명해 보라고 하면, 박사께선 머릿속으로는 잘 알고 있어도 그걸 증명하는 건 좀 어려우실 겁니다. 나는 그 사람이 길 건너편에 있을 때부터 손등에 푸른 닻 문신이 큼직하게 새겨져 있는 걸 볼 수 있었지요. 닻은 바다를 상징합니다. 그런데 그에게는 군인 같은 태도가 있는 데다가 구레나룻까지 단정하게 기르고 있었습니다. 그건 해병 출신이라는 걸 알 수 있는 단서이지요. 게다가 다소 뻣뻣한 데다가 지휘관 같은 냄새를 풍겼습니다. 그 사람이 절도 있게 머리를 세우고 지팡이를 흔드는 모습을 보셨겠지요. 그는 꼿꼿하고 반듯한 중년의 사내입니다. 얼굴만 봐도 그가 부사관 출신이라는 걸 짐작할 수 있지요."

"정말 훌륭하십니다그려!"

감탄이 절로 흘러나왔다.

"별말씀을……."

홈즈는 겸손하게 말했지만 내가 놀라고 감탄하자 흡족해하는 빛이 역력했다.

"방금 나는 요즘은 이렇다 할 범죄자가 없다고 말했습니다. 그런데 내 말이 틀린 것 같군요. 이걸 좀 보십시오!"

그는 내게 심부름꾼이 가져다준 편지를 건네주었다.

"아니, 이런 끔찍한 일이!"

나는 편지를 훑어보며 소리 질렀다.

"상식적으로 이해할 수 없는 일이 벌어진 듯합니다."

홈즈는 차분하게 말했다.

"그 편지를 큰 소리로 읽어주시겠습니까?"

내가 그에게 읽어준 편지는 다음과 같은 것이었다.

친애하는 셜록 홈즈 선생에게

지난밤 브릭스턴로 로리스턴 가든 3번지에서 대사건이 발생했소이다. 순찰 경관이 밤 두시경에 그 집에서 불빛이 흘러나오는 것을 보았소. 그런데 경관은 그 집이 빈집이라는 걸 알고 있던 터라 의심스럽게 생각하고 들어가보았다오. 현관문은 열려 있었고, 텅 빈 방에는 잘 차려입은 신사가 죽어 있었소. 신사의 주머니에는 '미국, 오하이오 주 클리블랜드, 이노크 J. 드리버'라고 쓰인 명함이 들어 있었소. 없어진 물건은 없고 사인을 알아낼 수 있는 단서도 남아 있지 않소이다. 방에는 핏자국이 남아 있지만 시체에는 전혀 외상이 없소. 죽은 사람이 어떻게 빈집에 들어왔는지도 밝혀지지 않았다오. 정말 모든 일이 오리무중이오. 오늘 열두시 안으로 아무 때나 이곳에 와주신다면 본인을 만날 수 있을 거요. 그때까지 현장을 그대로 보존해 놓겠소. 여기 못 오시게 되면 나중에 자세하게 사건 경위를 설명해 드리다. 홈즈 선생께서 호의를 베풀어 의견을 들려주신다면 정말 감사하겠소.

— 충실한 벗, 토비아스 그렉슨

"그렉슨은 런던 경찰국에서 그중 똑똑한 인물이지요."

내 친구가 한마디 던졌다.

"그렉슨하고 레스트레이드는 형편없는 집단에서 그나마 나은 인재들입니다. 둘 다 민첩하고 의욕이 넘치지만 틀에 박힌 사고를 벗어나지 못했어요. 그건 정말 놀랄 정도입니다. 게다가 두 사람 다 서로를 미워하지요. 직업여성들처럼 질투심이 많거든요. 만약 둘 다 이 사건에 뛰어들었다면 일이 꽤 재미있어질 겁니다."

나는 홈즈의 느긋한 태도를 보고 놀라움을 금치 못했다.

"이렇게 꾸물거릴 때가 아니잖소."

나는 외쳤다.

"내가 나가서 마차를 불러다 주리까?"

"사실 거기에 가고 싶은 마음도 별로 없습니다. 나는 정말 구제불능의 게으름뱅이지요. 하지만 발동이 걸리기만 하면 누구보다 행동이 빨라진답니다."

"아니, 당신이 바라 마지않던 기회가 온 거 아니오."

"허허, 그게 나한테 무슨 소용입니까? 내가 사건을 도맡아 해결한다고 해도 그렉슨과 레스트레이드에게 공이 돌아갈 게 뻔한데 말입니다. 사립 탐정에게는 그런 일이 비일비재하지요."

"하지만 도와달라고 부탁하고 있지 않소."

"그렇지요. 그렉슨은 내가 자기보다 낫다는 걸 알고 있고 내 앞에서는 그런 사실을 솔직히 인정합니다. 하지만 다른 사람들 앞에서는 나의 존재에 대해서 함구하지요. 그래도 가보는 게 낫겠습니다. 나는 내 힘으로 문제를 해결할 겁니다. 나에게 아무 이익도 돌아오지 않는다 해도 그들을 비웃어줄 수는 있으니까요. 자, 갑시다!"

홈즈는 부랴부랴 코트를 걸쳤다. 그의 재빠른 행동으로 보아 냉담한 기분이 사라지고 일에 대한 의욕이 다시 솟구치는 듯했다.

"모자를 쓰십시오."

홈즈는 말했다.

"나도 같이 가자는 말씀입니까?"

"그렇습니다, 달리 할 일이 없으시다면 말입니다."

잠시 후 우리는 이륜마차를 타고 브릭스턴로를 향해 질풍같이 달려가고 있었다.

뿌옇고 구름 낀 아침이었다. 내리누르는 듯한 어둑한 구름은 지상의 흙빛 길을 되비추고 있는 듯이 보였다. 나의 벗은 한껏 들떠서 크레모나 바이올린에 대해, 그리고 스트라디바리우스와 아마티의 차이에 대해 끊임없이 떠들어댔다. 나로 말할 것 같으면, 음산한 날씨와 우리가 관계하게 된 우울한 사건 때문에 기분이 가라앉아 침묵을 지켰다.

"사건에 대해서는 별로 생각하지 않는 모양입니다그려."

나는 결국 홈즈의 음악 탐구에 끼어들어서 한마디 했다.

"아직 아무것도 보지 못했으니까요."

그는 대답했다.

"증거를 전부 보기 전에 섣불리 이론을 전개시키는 것은 치명적인 실수입니다. 그건 판단력을 마비시키지요."

"그러면 곧 증거를 보게 되겠군요."

나는 손을 들어 바깥을 가리켰다.

"여기가 바로 브릭스턴로입니다. 그리고 내 생각엔 저게 그 집 같군요."

"정말 그렇군요. 마부! 여기서 세워주게!"

그 집까지는 아직도 100미터가량 남아 있었지만 홈즈는 마차에서 내리기를 고집했고 우리는 그곳까지 걸어서 갔다.

로리스턴 가든 3번지의 집은 불길하고 음산해 보였다. 그것은 거리에서 약간 떨어져 있는 네 채의 집 가운데 하나였는데, 그중 두 채에는 사람이 살고 있었고 두 채는 비어 있었다. 비어 있는 두 채의 삼층집 창문에는 '임대'라고 쓰인 종이가 여기저기 붙어 있을 뿐, 아무 장식도 없이 휑뎅그렁했다. 우울하고 흐릿한 유리창에 나붙은 하얀 종이는 꼭 백내장처럼 보였다. 작은 정원에 삐죽삐죽 솟아 있는 병든 식물이 거리와 경계를 구분 지었고, 그 가운데를 좁은 통행로가 가로지르고 있었다. 통행로는 흙과 자갈이 섞인 듯 노란빛을 띠고 있었다. 간밤에 내린 비로 길은 온통 진창이었다. 집 둘

레에는 90센티미터 높이의 벽돌담이 서 있는데 담 위에는 목재 난간 장식이 박혀 있었다. 이 담벼락에 체격 좋은 경관 하나가 기대서 있었고, 할 일 없는 구경꾼들 몇몇이 경관을 에워싼 채 안에서 무슨 일이 벌어지고 있는지 알아보려는 부질없는 희망에서 목을 빼고 집 안을 기웃거렸다.

나는 셜록 홈즈가 곧장 집 안으로 뛰어 들어가 사건 조사에 착수할 거라고 상상했다. 그러나 그는 꿈에도 그럴 생각이 없는 모양이었다. 그는 아주 초연한 태도로 천천히 길을 오르내리며 땅바닥과 하늘, 건너편 집들, 담벼락 위의 난간을 멍청히 바라보았다. 이러한 상황에서 그의 이런 태도는 내 눈엔 몹시 으스대는 것으로 비쳤다. 뭔지 모를 조사를 끝낸 홈즈는 정원의 통행로를 따라 천천히 걸어갔다. 아니, 길은 놓아두고 잔디밭에 바짝 붙어서 걸었다고 하는 편이 옳을 것이다. 그는 길바닥을 뚫어지게 바라보면서 두 번 걸음을 멈추었는데, 한 번은 싱글벙글하며 만족스러운 감탄사를 토해 냈다. 축축한 진흙땅에는 무수한 발자국이 남아 있었다. 그러나 경찰이 벌써 그 길을 오갔기 때문에 나는 홈즈가 어떻게 거기서 뭔가를 알아낼 수 있다고 생각하는 건지 도무지 알 수가 없었다. 그래도 나는 그의 감각이 유난히 예민하다는 사실을 알고 있었으므로, 내가 보지 못한 것을 많이 알아낼 수 있으리라고 믿었다.

현관 앞에는 안색이 창백한 금발 머리의 키 큰 남자가 나와 있었다. 그는 노트를 손에 든 채 얼른 달려나와서 내 친구의 손을 반갑게 부여잡았다.

사내가 말했다.

"이렇게 와주시다니 정말 감사하오. 현장은 그대로 보존해 놓았소이다."

"저건 빼고!"

내 친구는 길을 가리키며 대답했다.

"들소 한 무리가 지나갔어도 저렇게 엉망이 되지는 않았을 겁니다. 하지만 그렉슨, 저렇게 되기 전에 조사는 미리 해놓았겠지요."

"집 안에서 할 일이 너무 많아서."

형사는 변명조로 말했다.

"동료 형사 레스트레이드 씨가 와 있소. 밖을 그 친구한테 맡겨놓았더니만……."

홈즈는 나를 흘끗 쳐다보더니 조롱하듯이 눈을 크게 뜨고는 말했다.

"당신 같은 사람들이 둘씩이나 현장에 와 있는데 내가 더 찾아낼 수 있는 게 있을까요."

그렉슨은 만족스럽게 두 손을 비볐다.

"사실 우리 둘이 할 수 있는 일은 다 한 것 같소이다."

그는 대답했다.

"하지만 정말 기괴한 사건이오. 나는 이 사건이 홈즈 선생의 취향에 꼭 맞을 거라고 생각했소."

"혹시 여기에 마차를 타고 오셨습니까?"

셜록 홈즈가 물었다.

"아니요."

"레스트레이드는?"

"걸어왔소."

"그러면 같이 들어가서 현장을 보기로 하지요."

홈즈는 이렇게 엉뚱한 질문을 한 다음 성큼성큼 집 안으로 들어갔다. 그렉슨은 어리둥절한 표정으로 그 뒤를 따랐다.

먼지가 잔뜩 내려앉은 짧은 통로를 지나니 주방과 식료품 저장실이 나왔다. 여기서 양쪽으로 두 개의 문이 나 있었다. 그중 하나는 몇 주일째 한 번도 열린 적이 없는 것 같았다. 다른 하나는 식당으로 통하는 문이었는데, 바로 이곳이 의문의 사건이 벌어진 현장이었다. 홈즈가 식당 안으로 들어섰고 나는 그의 뒤를 따랐다. 타인의 죽음은 내게 숙연한 감정을 불러일으켰다.

그것은 정사각형의 커다란 방이었는데, 가구가 전혀 없는 탓에 더욱 커 보였다. 조잡한 느낌의 번쩍거리는 벽지가 사방 벽에 도배돼 있었는데 여기저기 곰팡이가 슬어 있었고, 벽지가 떨어져 늘어져 있는 곳에는 노랗게 회칠한 바람벽이 그대로 드러나 있었다. 문건너편에는 지나치게 큰 벽난로가 자리 잡고 있었고, 그 위로는 흰 모조 대리석으로 만든 거대한 벽난로 선반이 돌출해 있었다. 그 한쪽 구석에는 타다 남은 빨간 양초가 놓여 있었다. 단 하나뿐인 창문은 더럽기 짝이 없었고, 그곳으로 흐릿하고 몽롱한 빛이 새어 들어와 방 안의 모든 사물에 둔탁한 회색 색조를 입혀주었다. 이 때문에 온 방을 뒤덮은 두꺼운 먼지층이 한층 두꺼워 보였다.

　　내가 이렇게 자세하게 관찰한 것은 나중의 일이었다. 당장 내 시선은 바닥에 꼼짝 않고 누워 있는 섬뜩한 사람의 형체에 가서 머물렀다. 죽은 사내는 생기 없는 텅 빈 눈으로 변색된 천장을 올려다보고 있었다. 나이는 대략 마흔셋이나 마흔넷쯤 됐을까. 그는 보통 체격에 어깨가 넓었고 검은 고수머리에 짧은 턱수염을 기르고 있었다. 옷은 질 좋은 나사로 만든 프록코트와 조끼에 엷은 색깔의 바지 차림이었고, 셔츠 깃과 소매는 티끌 한 점 없이 깨끗했다. 그리고 손질이 잘되어 있는 깔끔한 중산모가 바로 옆에 놓여 있었다. 팔은 양쪽으로 넓게 벌린 채 두 주먹을 부르쥐고 있었지만 다리는 꼬여 있었다. 그의 모습은 죽음의 순간이 얼마나 고통스러웠는지를 말해 주는 듯했다. 굳은 얼굴에는 공포 어린 표정이 떠올라 있었는데, 그것은 내가 인간의 얼굴에서 한 번도 본 적이 없는 그런 증오 어린 표정으로도 보였다. 이 악마적이고 끔찍한 근육의 뒤틀림은 좁은 이마와 뭉툭한 코, 돌출한 턱과 어울려 죽은 이에게 유난히 원숭이 같은 인상을 부여하고 있었다. 그런 인상은 몸부림의 흔적이 남아 있는 사내의 부자연스러운 자세 때문에 더욱 강해졌다. 나는 수많은 형태의 죽음을 목격했지만, 런던 교외의 큰 도로에 면해 있는 저 어둡고 무시무시한 방에서 일어난 죽음보다 더한 공포를 안겨준 죽음은 보지 못했다.

여느 때와 다름없이 족제비처럼 보이는 깡마른 레스트레이드가 문 옆에 서 있다가 우리를 보고 인사했다.

"홈즈 선생, 이 사건은 조용하게 끝날 것 같지 않소."

그가 한마디 던졌다.

"나는 겁쟁이는 아니지만 이렇게 지독한 현장은 처음이오."

"무슨 단서라도?"

그렉슨이 물었다.

"전혀."

레스트레이드가 무덤덤한 목소리로 말했다.

셜록 홈즈는 시신 곁에 무릎을 꿇고 앉아서 자세히 살펴보았다.

"외상이 없는 건 확실한가요?"

홈즈는 사방에 무수히 튄 핏방울을 가리키며 물었다.

"확실하오!"

두 형사가 입을 모아 외쳤다.

"그러면 물론, 이 피는 상대방이 흘린 것이겠군요. 아마 살인범이었겠지요. 만약 살인이 저질러졌다면 말이지요. 이걸 보니 1834년, 네덜란드 유트레히트에서 벌어진 반 얀센 살인 사건의 정황이 연상되는군요. 그렉슨, 그 사건을 기억하고 있습니까?"

"아니요."

"사건 기록을 한번 읽어보시지요. 정말 그건 꼭 필요한 일입니다. 태양 아래 새로운 것은 없거든요. 모든 일이 다 과거에 한 번은 있었던 일이지요."

홈즈는 입을 놀리면서 날렵한 손가락으로 여기, 저기, 사방을 만져보고, 눌러보고, 단추를 풀고, 들여다보았다. 그의 눈에는 내가 이미 말한 적 있는 멍한 표정이 떠올라 있었다. 조사가 대단히 신속하게 이루어졌으므로, 그것이 얼마나 엄밀한 것인지 알기는 힘들었다. 마지막으로 그는 죽은 자의 입가에 코를 가져다 대고 쿵쿵 냄새 맡아본 다음, 사자의 에나멜 구두 밑창에 흘끗 시선을 던졌다.

"시신을 옮겨놓지는 않았나요?"

홈즈는 물었다.

"검사하기 위해 약간 건드렸을 뿐 그대로요."

"이제는 시신을 안치소로 모셔도 되겠군요."

그가 말했다.

"더 이상 알아볼 것이 없어요."

그렉슨은 들것과 장정 넷을 대기시켜 놓고 있었다. 그가 신호를 보내자 사람들이 방으로 들어왔다. 시신을 들어 올리는데 반지 하나가 떨어져 바닥에서 또르르 굴러갔다. 레스트레이드는 반지를 집어 들고 어리둥절한 눈으로 바라보았다.

"이 사건의 배후에 여자가 있었군."

그는 소리쳤다.

"여자의 결혼반지야."

그렉슨은 반지를 손바닥 위에 올려놓고 내밀었다. 모두 그 옆에 모여들어 반지를 바라보았다. 그것은 한때 신부의 손가락을 장식했던 아무 장식 없는 결혼반지가 틀림없었다.

"사건이 더 복잡해지는군. 맙소사, 그렇지 않아도 복잡했는데."

그렉슨이 말했다.

"사건이 더 단순해진 게 아니고요?"

홈즈가 생각에 잠긴 채 말했다.

"이걸 들여다봤자 아무 소용없습니다. 그런데 시신의 주머니 속에는 뭐가 들어 있었지요?"

"여기 다 모아놓았소."

그렉슨이 계단 아래쪽의 소지품 더미를 가리키며 말했다.

"런던 바로드사(社)의 금시계, 제조 번호 97163번. 순금 앨버트 목걸이, 꽤 묵직하다오. 프리메이슨 문장이 든 금반지. 불도그 머리 모양의 금 핀, 눈은 루비로 되어 있소. 러시아제 가죽 명함 케이스, 이 속에 클리블랜드의 이노크 J. 드리버의 명함이 들어 있소. 이것은 옷에 새겨진 'E. J. D.'라는 머리글자와도 일치하오. 지갑은 없지만 돈이 7파운드 13실링. 보카치오의 『데카메론』 문고판, 표지 안쪽에 조셉 스탠거슨이란 이름이 쓰여 있지요. 그리고 편지 두 통이 있는데, 하나는 드리버 앞으로 온 것이고, 또 하나는 조셉 스탠거슨 앞으로 온 거요."

"주소는?"

"스트랜드가의 아메리칸 익스체인지사, '편지를 찾아갈 때까지 보관해 달라.'라고 쓰여 있소. 두 통 다 기온 선박 회사에서 보낸 것인데, 리버풀에서 기선이 출항한다는 내용이오. 이 불우한 사나이는 뉴욕으로 돌아가려고 한 것이 틀림없소이다."

"스탠거슨이라는 사람에 대해서는 조사했습니까?"

"그렇소."

그렉슨이 말했다.

"신문마다 광고를 냈고, 부하 하나를 아메리칸 익스체인지사로 보냈지요. 하지만 아직 돌아오지 않았소이다."

"클리블랜드 쪽에는 알아보셨나요?"

"오늘 아침에 전보를 쳤소."

"무엇에 대해 알려달라고 하셨습니까?"

"그냥 사건 경위를 적은 다음에 도움이 될 만한 정보가 있으면 알려달라고 했소이다."

"좀 더 중요하다고 생각되는 점을 꼭 집어서 물어보지는 않았고요?"

"나는 스탠거슨의 신원 조회를 의뢰했소."

"다른 건? 사건 해결에 결정적일 것으로 생각되는 사실에 대해 묻진 않으셨고요? 다시 전보를 칠 생각이신가요?"

"나는 필요한 일은 다 했소."

그렉슨은 기분이 상한 듯했다.

셜록 홈즈는 혼자 쿡쿡 웃더니 무슨 말인가를 더 하려고 했다. 그때 식당에 있던 레스트레이드가 득의만면한 얼굴로 만족스럽게 두 손을 비비며 나타났다. 그가 말했다.

"그렉슨 군, 나는 방금 대단히 귀중한 증거를 찾아냈네. 내가 식당 벽을 면밀히 살펴보지 않았더라면 그대로 묻혀버리고 말았을 걸세."

키 작은 사내는 눈을 빛내며 말했다. 동료 경쟁자를 한 방 먹인 것이 말할 수 없이 기쁜 모양이었다.

"어서 이리로."

레스트레이드는 앞장서 식당으로 들어갔다. 지긋지긋한 상대를 따돌리고 더욱 생기가 도는 듯했다.

"자, 거기서 잠깐 기다리시오!"

레스트레이드는 구두에 성냥을 그어서 벽을 비췄다.

"저걸 좀 보시게!"

그는 의기양양하게 말했다.

나는 앞에서 벽지가 군데군데 떨어졌다는 얘기를 했다. 레스트레이드가 가리킨 곳은 방구석에 벽지가 한 자락 크게 떨어져서 그 밑의 노랗고 거친 벽이 드러나 있는 곳이었다. 그런데 누가 이 휑한 공간에 피처럼 붉은 글씨로 다음과 같은 단어를 휘갈겨놓았다.

RACHE

"자, 어떻게들 생각하시오?"

레스트레이드는 무대에 선 배우처럼 소리쳤다.

"여기는 방에서 제일 어두운 구석이고, 그래서 아무도 여길 쳐다 볼 생각을 하지 않았소. 살인자는 자신의 피로 이 글을 썼지요. 여기 벽 위로 흘러내린 핏자국을 좀 보시오! 어쨌든 이로써 자살 가능성 은 없다는 것이 밝혀진 셈이오. 그런데 살인자는 왜 이 구석에다 글 을 썼을까? 말하자면 이렇소. 저 벽난로 선반 위의 양초를 좀 보시 오. 저 초에는 그때 불이 켜져 있었고, 그래서 이 구석은 벽에서 제 일 어두운 부분이 아니라 제일 밝은 부분이었을 거요."

"그런데 자네가 이걸 찾아낸 것이 지금 무슨 의미를 갖는다는 거지?"

그렉슨이 빈정거리듯 물었다.

"의미? 그것은 바로 살인범이 '레이첼(Rachel)'이라는 이름을 쓰려고 했다는 것을 의미하지. 무슨 일이 생겨서 끝까지 못 썼을 거야. 내 말 잘 들어두게. 이 사건이 해결되면 레이첼이라는 여자가 어떤 식으로든 관련돼 있다는 사실이 드러나게 될 거야. 셜록 홈즈 선생, 그렇게 웃는 것은 선생의 자유요. 하지만 선생이 아무리 재주가 뛰어나고 머리가 비상하다고 해도, 결국은 산전수전 다 겪은 늙은 사냥개가 최고라는 걸 알게 될 거요."

"정말 미안하게 됐습니다!"

갑자기 웃음을 터뜨려서 키 작은 형사의 화를 돋운 내 친구가 말했다.

"여기 있는 사람들 중에서 이걸 제일 먼저 찾아낸 사람은 분명히 당신입니다. 그리고 당신 말마따나 이것은 간밤에 살인범이 쓴 것이 틀림없어요. 그런데 난 아직 이 방을 살펴볼 만한 시간적 여유가 없었습니다. 괜찮다면 나도 이 방을 조사해 보겠습니다."

셜록 홈즈는 말하면서 주머니에서 줄자와 커다란 확대경을 끄집어냈다. 이 두 가지 도구를 가지고 그는 방 안에서 소리 나지 않게 종종걸음을 치며 걸음을 멈추기도 하고, 무릎을 꿇고, 그리고 한번은 바닥에 납작 엎드리기도 했다. 그는 지금 하는 일에 정신이 팔려서 우리들의 존재는 까맣게 잊어버린 것 같았다. 그는 시종 낮은 목소리로 뭐라고 중얼거리면서 희망과 기대가 섞인 감탄사, 신음 소리, 휘파람, 작은 외침 소리를 쉼 없이 쏟아냈다. 그런 모습을 보고 있노라니, 훈련이 잘돼 있는 순종의 폭스하운드가 잃어버린 사냥감의 냄새를 되찾기 위해서 열심히 낑낑대며 이곳저곳을 뛰어다니는 모습이 저절로 연상되었다. 홈즈는 20분 이상, 이쪽에서는 전혀 보이지 않는 핏자국 사이의 거리를 대단히 조심스럽게 측정하고, 가끔은 똑같이 이해할 수 없는 방식으로 벽에다 줄자를 갖다 대기도 하면서 조사를 계속했다. 어느 곳에서는 바닥의 회색 먼지를 한 뭉치 살살 긁어서 봉투에 집어넣기도 했다. 마지막으로 그는 확대경을 들고 벽 위에 쓴 글씨를 한 글자씩, 대단히 정밀하게 검사했다. 이렇게 한 뒤에 그는 만족한 듯 주머니에 줄자와 확대경을 도로 집어넣었다.

"천재는 수고로움을 무한히 감당해 낼 수 있는 능력이라는 말이 있습니다."

홈즈는 씩 웃으며 말했다.

"아주 형편없는 정의이긴 하지만 탐정의 일에는 맞는 얘기입니다."

그렉슨과 레스트레이드는 부푼 호기심에 약간의 경멸이 섞인 눈으로 아마추어 동료가 하는 짓거리를 지켜보았다. 나는 셜록 홈즈의 아주 사소한 행동조차도 어떤 구체적이고 실용적인 목적을 지향하고 있다는 것을 진작 깨닫고 있었지만 이 두 사람은 아직 그것을 모르고 있는 것이 분명했다.

"그래, 어떻게 생각하시오?"

두 형사가 이구동성으로 물었다.

"내가 주제넘게 당신들을 도와주려고 한다면 그것은 당신들에게 돌아갈 영예를 훔치는 꼴이 될 겁니다."

내 친구가 말했다.

"당신들이 지금 그렇게 잘하고 있는데 내가 중간에 끼어든다는 것은 안 될 노릇이지요."

홈즈의 목소리에는 냉소의 빛이 있었다.

"하지만 앞으로 수사 진행 상황에 대해 알려주신다면 기쁜 마음으로 최대한 협조하겠습니다. 그런데 시신을 발견한 순찰 경관과 얘길 좀 나눠보고 싶은데, 그 사람의 이름과 주소를 알려주시겠습니까?"

레스트레이드는 잠시 노트에 눈길을 주곤 말했다.

"존 랜스, 지금 비번이오. 케닝턴 파크 게이트, 오들리 코트 46번지에 가면 그를 만나볼 수 있을 거요."

홈즈는 주소를 받아 적었다.

"박사, 갑시다."

그는 말했다.

"같이 만나보도록 합시다. 그런데 두 분에게 수사에 도움이 될 만한 정보를 하나 알려드리도록 하지요."

홈즈는 두 형사를 향해 돌아서며 말했다.

"이 사건은 살인 사건이고, 살인자는 남자입니다. 키는 1미터 80센티미터 이상이고, 키에 비해 비교적 발이 작은 중년의 사내이지요.

구두코가 각진 싸구려 구두를 신고, 인도산 시가 트리치노폴리를 피웁니다. 범인은 어제 사륜마차를 타고 피살자와 함께 여기 왔지요. 그 마차를 끄는 말의 편자는 낡은 것이지만, 앞발 하나에 끼워진 편자는 새것입니다. 살인자는 십중팔구 불그레한 얼굴에 오른손의 손톱이 유난히 긴 사람입니다. 내가 말한 것은 몇 가지에 불과하지만 그래도 도움이 될 겁니다."

레스트레이드와 그렉슨은 못 믿겠다는 듯 실실 웃으며 서로 마주 보았다.

"그런데 이 사람이 살해당했다면, 사인은 뭐요?"

레스트레이드가 물었다.

"독살이지요."

셜록 홈즈는 한마디로 대답하고 걸음을 옮기기 시작했다.

"레스트레이드, 한 가지 더 있습니다."

그는 문밖으로 나가며 덧붙였다.

"'라헤(Rache)'는 독일어로 '복수'를 뜻합니다. 그러니 레이첼 양을 찾는 일에 시간을 허비하지는 마세요."

마지막 일격을 가한 뒤 홈즈는 문밖으로 사라졌고, 뒤에 남은 두 경쟁자는 벌린 입을 다물지 못했다.

존 랜스의 증언

우리가 로리스턴 가든 3번지를 나선 것은 낮 한시경이었다. 셜록 홈즈는 나를 데리고 가까운 전신국으로 가서 긴 전문을 송신했다. 그리고 지나가는 마차를 세워 잡아타고 마부에게 레스트레이드가 말해 준 주소를 말했다.

"뭐니 뭐니 해도 직접 확인하는 게 중요합니다."

홈즈는 말했다.

"사실 나는 이 사건에 대해 완전히 판단이 서 있는 상태지요. 그래도 알 수 있는 것은 다 알아놓는 게 좋아요."

"홈즈, 당신은 사람을 놀라게 하는 재주가 있습니다."

나는 말했다.

"아까 당신은 두 형사 앞에서 굉장히 자신 있게 말했지만 사실 그렇게까지 확신하는 건 아니지요?"

"아까 한 얘기는 다 맞는 얘깁니다."

홈즈는 대답했다.

"나는 그 집 앞에 내리자마자 두 줄의 마차 바큇자국이 인도 가까이에 붙어 있는 걸 보았지요. 그런데 지난밤에 일주일 만에 비가 왔습니다. 거기 그렇게 깊이 파여 있는 바큇자국은 간밤에 생긴 게 틀림없는 것이지요. 또 길에는 말발굽 자국도 남아 있었는데, 그중 하나는 다른 셋에 비해 훨씬 또렷하게 파여 있어서, 새로 편자를 씌웠다는 걸 알 수 있었지요. 어쨌든 비기 오기 시작한 뒤에 마차 한 대가 거길 지나갔습니다. 그런데 그렉슨은 그다음에는 그곳에 마차를 타고 온 사람이 없다고 했습니다. 그렇다면 문제의 마차가 그 집 앞을 지나간 것은 어젯밤입니다. 그 마차를 타고 온 두 사람이 그 집으로 들어갔습니다."

"듣고 보니 그럴듯하군요. 그런데 용의자의 키는 어떻게?"

내가 물었다.

"아, 사람의 키는 대개 보폭으로 계산해 낼 수 있지요. 계산은 아주 간단합니다. 하지만 숫자를 시시콜콜하게 나열해서 박사를 지루하게 만들 생각은 없습니다. 나는 마당의 흙과 집 안의 먼지에 남아 있는 발자국을 보고 그자의 보폭을 알아냈습니다. 게다가 내 계산을 확인할 수 있는 기회가 있었지요. 사람이 벽에 글씨를 쓸 때는 본능적으로 자신의 눈높이에 쓰게 됩니다. 그런데 그 글씨는 바닥에서 1미터 80센티미터 이상 되는 곳에 쓰여 있었지요. 범인의 키를 계산해 내는 건 식은 죽 먹기였습니다."

"그러면 나이는?"

나는 물었다.

"1미터 30센티미터를 쉽게 건너뛸 수 있는 남자가 힘없는 노인일 리는 없었습니다. 정원에 있던 물웅덩이의 폭이 그 정도였는데 그 자는 분명히 웅덩이를 건너갔지요. 에나멜 구두는 돌아갔지만 각진 구두코는 건너뛴 겁니다. 그것은 틀림없는 사실입니다. 나는 잡지에 실린 그 논문에서 말한 관찰과 추리의 원칙을 일상생활에 적용합니다. 그 밖에 더 궁금한 것이 있습니까?"

"손톱과 트리치노폴리 시가."

나는 말했다.

"벽의 글씨는 검지에 피를 묻혀서 쓴 것이지요. 확대경으로 보니 글씨 아래의 회벽이 약간 긁혔더군요. 글씨 쓴 사람의 손톱이 짧았다면 그런 일은 없었을 겁니다. 그리고 나는 바닥에 흩어진 담뱃재를 모았습니다. 그것은 빛깔이 검고 조각이 얇게 떨어졌는데, 그런 재가 나오는 담배는 트리치노폴리뿐입니다. 사실 나는 담뱃재에 대해 면밀하게 연구해 왔습니다. 그런 주제로 논문을 쓰기도 했지요. 나는 시가든 궐련이든 이름 있는 상표의 담뱃재를 한눈에 구별할 수 있습니다. 내가 생각해도 참으로 대견한 능력이지요. 뛰어난 탐정이 그렉슨이나 레스트레이드 같은 부류와 다른 점은 바로 그런 섬세한 부분이지요."

"그러면 불그레한 얼굴은?"

나는 물었다.

"아, 그건 상대적으로 과감한 추측이었지만 맞을 겁니다. 그렇지만 지금 단계에서는 자세히 말씀드릴 수 없습니다."

나는 손으로 이마를 짚었다.

"아직도 혼란스럽군요. 생각하면 할수록 이상한 일이 한두 가지가 아닙니다. 현장에 있었던 사람이 둘이라면 말이지요, 도대체 그 두 남자는 어떻게 빈집에 들어갈 수 있었던 걸까요? 두 사람을 태워준 마부는 어떻게 됐지요? 어떻게 피살자에게 독을 먹일 수 있었을까요? 그 피는 누가 흘린 것이고? 절도가 목적이 아니었다면 살인 동기는 무엇이었지요? 어째서 여자의 반지가 거기 있었던 겁니까? 무엇보다, 살인범이 도망치기 전에 '라헤'라는 독일어를 써놓은 이유는 뭘까요? 솔직히 말해서 나는 이 모든 사실을 어떻게 설명할 수 있을지 모르겠습니다."

내 친구는 이해한다는 듯 미소를 머금었다.

"박사께선 이 사건의 여러 가지 어려운 점을 일목요연하게 정리해 주셨습니다."

홈즈는 말했다.

"물론 나는 굵은 줄기에 대해서는 이미 판단을 내리고 있지만 아직 밝혀지지 않은 가지도 많이 있습니다. 벽에 쓴 글씨는 범인이 사회주의와 비밀 단체를 암시하여 경찰 수사에 혼선을 빚으려고 했던 장치에 불과합니다. 그건 독일인이 쓴 것이 아니었습니다. 박사께서도 눈치채셨는지 모르겠지만 'A'는 독일식으로 쓰여 있었지요. 하지만 진짜 독일인이었다면 틀림없이 라틴 문자로 썼을 겁니다. 그래서 우리는 그 글씨를 쓴 자가 독일인이 아니라 서투른 흉내쟁이일 뿐이라고 단언할 수 있는 것이지요. 그것은 수사에 혼선을 빚기 위한 술책이었을 뿐입니다. 이제 나는 더 이상 얘기하지 않겠습니다. 아시다시피 마술사의 요령이 드러나면 사람들은 관심을 잃어버리고 말거든요. 나의 수사 방법을 속속들이 알게 되면 박사는 내가 결국 지극히 평범한 인간에 불과하다는 걸 알게 될 겁니다."

"그런 일은 절대 없을 거요."

나는 대답했다.

"홈즈, 당신은 추리를 정밀과학의 경지로까지 끌어올렸습니다."

내 친구의 얼굴이 상기되었다. 내가 진심으로 그런 말을 하는 걸 듣고 마음속으로 흐뭇한 모양이었다. 나는 홈즈가 자신의 방법에 대한 칭찬에 민감하게 반응한다는 사실을 이미 눈치채고 있었다. 그것은 10대 소녀들이 예쁘다는 칭찬에 예민한 것과 같았다.

"그럼 한 가지 더 말씀드리지요."

홈즈는 말했다.

"에나멜 구두와 각진 구두코는 같은 마차를 타고 와서 팔짱이라도 낀 듯이 아주 다정하게 길을 걸어 올라갔습니다. 두 사람은 집 안에 들어가서 방 안을 오락가락했지요. 아니, 에나멜 구두는 가만히 서 있고 각진 구두코가 방 안을 오락가락했다고 말하는 게 정확하겠지요. 나는 그 모든 사실을 먼지 속에서 읽어낼 수 있었습니다. 그리고 나는 각진 구두코가 걷는 동안 점점 흥분했다는 걸 알 수 있었지요. 그것은 보폭이 커진 걸 보면 알 수 있습니다. 그는 무슨 말을 하면서 왔다 갔다 했고, 그러면서 점점 더 화가 났지요. 그러다가 비극적인 사건이 벌어진 것입니다. 나는 지금 알고 있는 사실은 다 털어놓았습니다. 나머지는 단순한 추측과 짐작일 뿐입니다. 그래도 우리에게는 훌륭한 근거가 생긴 셈이니 이걸 바탕으로 수사를 계속해 나가면 됩니다. 이제부턴 서둘러야 합니다. 오늘 저녁때 나는 노만 네루다의 연주를 들으러 할레 음악회에 갈 생각이니까요."

마차가 지저분한 거리와 어두운 골목길을 한없이 지나가는 동안 우리는 이런 대화를 나누었다. 마부는 그중에서도 가장 지저분하고 어두운 동네에서 마차를 세웠다.

"저기가 오들리 코트입죠."

마부는 칙칙한 색깔의 벽돌담 사이에 뚫린 비좁은 틈을 가리키며 말했다.

"돌아오실 때까지 여기서 기다리고 있겠습니다요."

오들리 코트는 기분 좋은 동네는 아니었다. 비좁은 길을 따라 들어가니 포석을 깔아놓은 네모진 마당이 나왔다. 누추한 집들이 사방에 줄지어 서 있었다. 우리는 더러운 아이들과 색 바랜 옷을 걸친 사람들 사이를 헤치고 마침내 '랜스'라는 이름이 새겨진 작은 청동 문패를 달고 있는 46번지 집에 도착했다. 물어보니 순찰 경관은 자고 있었고, 우리는 작은 응접실로 안내되었다.

랜스는 이내 응접실에 모습을 드러냈다. 그는 자다가 불려 나온 것이 못내 불만스러운 듯했다.

"난 사무실에서 벌써 보고를 마쳤소이다."

그는 말했다.

홈즈는 주머니에서 반 파운드짜리 금화를 꺼내 만지작거렸다.

"우리는 직접 얘기를 들어보고 싶어서 왔소."

"기꺼이 말씀드리지요."

경관은 작은 금화를 눈여겨보며 대답했다.

"일이 어떻게 된 건지 자초지종을 설명해 주시오."

랜스는 말털 소파에 앉아서 한 가지도 빼먹지 않고 말하겠다는
듯 이맛살을 찌푸리고 생각을 더듬었다.

"처음부터 말씀드리겠습니다."

그는 말했다.

"제 근무 시간은 밤 열시에서 아침 여섯시까지입니다. 열한시에

화이트 하트에서 싸움이 벌어졌습니다. 그것만 빼면 제 담당 구역은 조용했지요. 한시에 비가 오기 시작했고 저는 해리 머처를 만났습니다. 에, 그 친구는 홀랜드 그로브 구역을 담당하고 있지요. 우리는 헨리에타가의 모퉁이에 서서 잠시 얘기를 나눴습니다. 그러다가 새벽 두시경에 저는 한 바퀴 돌아봐야겠다고 생각하고 길을 나섰지요. 브릭스턴로는 아무 이상 없었습니다. 거기는 유난히 지저분하고 인적이 드문 동네지요. 길을 내려가는 동안 마차가 한두 대 지나갔을 뿐 사람 하나 만나지 못했습니다. 솔직히 말해서 저는 술이라도 한잔 마셨으면 좋겠다는 생각을 하면서 걷고 있었습니다. 그런데 갑자기 그 집 창문으로 불빛이 새어 나오는 게 보였습니다. 저는 로리스턴 가든의 두 집이 비어 있다는 걸 알고 있었지요. 지난번에 거기 살았던 세입자 한 사람이 장티푸스로 죽었는데도 집주인이 하수구를 그냥 방치해 둔 탓이지요. 그래서 저는 창문으로 불빛이 새어 나오는 걸 보고 기겁을 했습니다. 그리고 뭔가 이상하다고 느꼈지요. 저는 그 집 현관 앞까지 갔다가……."

"걸음을 멈추고 도로 정문으로 돌아 나왔겠지."

내 친구가 끼어들었다.

"왜 그런 행동을 했소?"

랜스는 깜짝 놀라서 하얗게 질린 얼굴로 셜록 홈즈를 응시했다.

"그건 사실입니다."

순찰 경관은 말했다.

"하지만 그걸 어떻게 아셨습니까. 그 얘기는 아무한테도 안 했는데. 아무튼 그 집 현관 앞까지 갔는데 사방이 너무 조용하고 어두워서 나는 누군가 곁에 있어줬으면 좋겠다고 생각했습니다. 그런데 그때 장티푸스로 죽은 사람이 생각났습니다. 무덤 이쪽에 있는 사람이라면 무서울 것이 없지만 이 집에서 죽은 사람이 자기를 죽게 만든 하수구를 조사하러 왔을지도 모른다고 생각하니 섬뜩하더군요. 그래서 다시 정문 앞으로 나와서 머처의 랜턴 불빛을 찾아보았지만 아무것도 보이지 않았습니다."

"거리에는 아무도 없었소?"

"아무도 없었습니다. 집 잃은 개 한 마리 없었지요. 그래서 저는 다시 용기를 내서 그 집으로 들어가 현관문을 열었습니다. 집 안은 아주 조용했습니다. 그래서 저는 불빛이 흘러나오는 방으로 들어갔지요. 벽난로 선반 위에는 촛불이 켜져 있었는데 빨간 양초였어요. 그 불빛 아래……."

"알겠소, 당신이 무엇을 보았는지는 다 알고 있소. 당신은 시신을 발견하고 방을 몇 바퀴 돌아본 다음 시신 곁에 쪼그리고 앉았다가, 다시 그 방을 나와서 주방 문을 열어볼까 하다가……."

존 랜스는 겁에 질린 얼굴로 자리에서 벌떡 일어섰다. 그의 두 눈에 의혹의 빛이 스쳤다.

"도대체 당신은 그때 어디에 숨어 있었지?"

그는 외쳤다.

"당신은 알아서는 안 될 것까지 알고 있군."

홈즈는 웃음을 터뜨리며 경관 앞에 명함을 던졌다.

"나를 살인 혐의로 체포할 생각일랑은 하지 마시오. 나는 늑대가 아니라 사냥개의 무리에 속해 있으니까. 그 점에 대해서는 그렉슨과 레스트레이드 씨가 대답해 줄 거요. 자, 계속합시다. 그다음에는 어떻게 했소?"

랜스는 도로 주저앉았지만 의혹이 완전히 풀리지는 않은 듯했다.

"나는 밖에 나가서 호각을 불었소이다. 그 소릴 듣고 머처와 두 경관이 더 달려왔지요."

"그때 길에는 아무도 없었소?"

"그랬지요. 아무튼 멀쩡한 인간이라곤 없었습니다."

"그게 무슨 말이오?"

순경은 피식 웃었다.

"저는 순찰을 돌면서 술 취한 놈을 많이 보았습니다."

그는 말했다.

"하지만 그 자식처럼 엉망으로 취한 놈은 처음 봤습니다. 제가 밖에 나갔을 때 놈은 담벼락에 몸을 기댄 채「콜럼바인의 새로운 깃발」인가 하는 노래를 고래고래 악을 쓰며 불러대고 있었습니다. 놈은 누굴 돕기는커녕 혼자서 똑바로 서 있지도 못하는 상태였지요."

"그자가 어떻게 생긴 자였소?"

셜록 홈즈가 물었다.

존 랜스는 사건과 무관한 이 질문이 다소 불편한 모양이었다.

"놈은 엄청나게 취한 상태였습니다. 그 사건만 아니었다면 우린 그자를 경찰서에 데려다 놓았을 겁니다."

"그자의 얼굴과 옷차림은 보지 못했나?"

홈즈는 안타까운 얼굴로 물었다.

"머처랑 같이 놈을 부축하면서 얼굴을 보긴 한 것 같습니다. 그자는 키가 굉장히 컸습니다. 그리고 얼굴이 붉었지요. 하지만 얼굴 아래쪽을 가리고 있어서⋯⋯."

"이제 됐소."

홈즈가 소리쳤다.

"그자는 그다음에 어떻게 됐소?"

"우린 그런 인간이 아니라도 할 일이 많았습니다."

경관은 언짢은 목소리로 말했다.

"그자는 집에 무사히 돌아갔을 겁니다."

"그자가 어떤 옷을 입고 있었소?"

"갈색 코트."

"혹시 손에 채찍을 들고 있던가요?"

"채찍? 아니요."

"그건 뒤에 남겨놓고 왔겠지."

내 친구가 중얼거렸다.

"그다음에 마차를 보거나 마차 소리를 들은 석은 없소?"

"예."

"반 파운드 에 있소."

내 친구는 벌떡 일어나서 모자를 쓰며 말했다.

"이보시오 랜스, 당신은 앞으로 승진하긴 글렀소. 머리를 그저 장식으로 달고 다니는 게 아니라면 쓸 줄을 알아야지. 당신은 어젯밤에 경사로 승진할 수 있는 기회를 놓쳤소. 당신이 부축했던 그 사내가 이 사건의 열쇠를 쥐고 있소이다. 우리는 지금 그자를 찾고 있소. 하지만 이제 와서 그 일에 대해 왈가왈부해 봤자 아무 소용없고, 나는 그저 사실을 말해 주는 거요. 갑시다, 박사."

우리는 못 미더워하면서도 불편한 기색이 역력한 정보 제공자를 뒤로하고 마차를 향해 걸었다.

"저런 바보 멍청이 같으니!"

마차가 하숙집을 향해 달려가는 동안 홈즈는 쓰디쓴 어조로 내뱉었다.

"하늘이 내려주신 절호의 기회를 놓치다니."

"나는 아직도 잘 이해가 안 됩니다. 간밤의 그 주정뱅이의 인상착의가 살인범에 대한 당신 생각과 신통하게 맞아떨어지는 건 사실입니다. 하지만 범인이 현장을 떠났다가 다시 그 집으로 돌아올 까닭이 뭐란 말입니까? 그건 범인이 할 만한 행동이 아닙니다."

"허허 박사, 그건 반지 때문이오, 반지. 그자가 돌아온 것은 그것 때문이었지요. 만일에 그자를 붙잡을 뾰족한 수가 없다면 우리는 어느 때건 그 반지를 미끼로 쓸 수 있습니다. 나는 그자를 붙잡고 말 겁니다. 나는 2 대 1로 내가 그자를 잡을 거라는 쪽에 걸겠습니다. 어쨌든 이 모든 것에 대해 나는 박사에게 감사합니다. 당신이 아니었다면 나는 그곳에 가지 않았을지도 모르고, 그랬다면 이렇게 멋진 연구 기회를 놓쳤을 겁니다. 이것은 주홍색(비유적으로 죄악을 상징하는 빛깔 ─ 옮긴이) 연구입니다. 안 그렇습니까? 나 같은 사람이 예술적인 표현을 좀 쓴다고 해서 안 될 건 없을 겁니다. 삶의 무채색 실 꾸러미 속에, 주홍빛 살인의 혈맥이 면면히 흐르고 있어요. 우리가 할 일은 그 실꾸리를 풀어서 살인의 혈맥을 찾아내어 그것을 가차 없이 드러내는 것입니다. 이제는 가서 점심 식사를 하고 노만 네루다의 공연을 보러 가야겠습니다. 네루다의 운궁법은 정말 기가 막히지요. 그녀가 그렇게 장엄하게 연주하는 쇼팽 곡이 뭐였더라. 트라 라 라 리라 리라 레이."

아마추어 탐정은 마차에 깊숙이 몸을 파묻고 앉아서 종달새처럼 노래 불렀고, 나는 인간 정신의 여러 측면에 대해 깊이 사색했다.

광고를 보고 찾아온 손님

쇠약한 몸으로 아침에 나가 돌아다닌 것이 무리가 되었는지, 오후가 되자 나는 녹초가 되었다. 홈즈가 연주회를 보러 나간 다음, 나는 소파에 길게 누워 잠을 청했다. 그러나 그것은 부질없는 일이었다. 지금까지 있었던 일 때문에 내 마음은 과도한 흥분 상태에 빠졌고, 이상야릇한 생각과 추측이 쉴 새 없이 떠올랐다. 눈을 감을 때마다 피살자의 뒤틀린 원숭이 같은 얼굴이 눈앞에 떠올랐다. 그 얼굴은 너무도 사악한 인상을 주었던 까닭에 그런 얼굴의 소유자를 이 세상에서 제거해 준 사람에게 감사의 정마저 느낄 정도였다. 인간의 얼굴 중에서 가장 무서운 악을 드러내는 얼굴이 있다면, 그것은 클리블랜드의 이노크 J. 드리버의 얼굴이 틀림없다. 나는 정의가 실현되어야 한다는 것, 그리고 아무리 피해자라고 해도 그가 저지른 죄악에 대해 면죄부를 받을 수는 없다는 것을 굳게 믿었다.

생각하면 할수록 드리버라는 신사가 독살당했다는 내 친구의 가설은 괴이하게 느껴졌다. 나는 홈즈가 피살자의 입가에 코를 갖다 대고 냄새 맡던 일을 기억해 냈다. 홈즈는 뭔가 그런 생각을 불러일으킬 만한 점을 탐지해 낸 것이 틀림없었다. 그러나 독이 아니었다면 사인은 무엇이었을까? 시신에는 상처도 목 졸린 흔적도 없었다. 게다가 바닥에 그렇게 흥건하게 고여 있던 피는 누구의 것이었을까? 이 모든 의문이 해결되지 않는 이상, 나도, 홈즈도 쉽게 잠을 잘 수 있을 것 같지 않다는 생각이 들었다. 홈즈의 침착하고 자신감 넘치는 태도를 보면 그가 모든 사실을 다 설명해 줄 수 있는 가설을 세운 것은 분명하지만, 나로서는 아무리 생각해도 그게 무엇인지 알 수 없었다.

홈즈는 아주 늦게 돌아왔다. 몹시 늦은 것으로 보아 연주회에만 갔던 것은 분명히 아니었다. 저녁 식사는 그가 오기 전부터 식탁에 차려져 있었다.

"연주회는 정말 좋았습니다."

홈즈는 자리에 앉으며 말했다.

"다윈이 음악에 대해 뭐라고 했는지 아십니까? 다윈은 인류에게 언어가 생기기 전부터 음악을 만들고 감상할 수 있는 능력이 존재했다고 주장하고 있습니다. 우리가 음악에 대해 그렇게 민감하게 반응하는 것은 아마 그 때문일 겁니다. 이 혼란스러운 세계를 사는 우리들은 아주 아득한 시절에 대한 막연한 향수를 가지고 있는 거지요."

"상상력이 풍부하시군요."

나는 한마디 던졌다.

"사람이 자연을 해석하려면 상상력을 발휘해야 합니다."

그는 대답했다.

"그런데 왜 그러십니까? 몸이 안 좋아 보이는군요. 브릭스턴로 사건 때문에 좀 충격을 받으신 모양입니다."

"솔직히 말하면 그렇습니다."

나는 말했다.

"아프가니스탄 전투까지 경험한 마당에 신경이 좀 더 무뎌져야 할 텐데. 나는 마이완드에서 전우들이 갈가리 찢겨 죽는 모습을 맨정신으로 목도한 사람입니다."

"그 심정을 알 것 같습니다. 이 사건에는 상상력을 자극하는 수수께끼가 있지요. 상상이 없다면 공포는 없으니까요. 오늘 저녁 신문 보셨습니까?"

"아니요."

"그 사건에 대해서 꽤 자세하게 써놓았더군요. 그런데 시체에서 여자 반지가 떨어졌다는 얘기는 없었습니다. 잘된 일이지요."

"어째서요?"

"이 광고를 좀 보십시오."

홈즈는 대답했다.

"오늘 아침에 나는 신문에 이런 광고를 실었습니다."

홈즈는 내게 신문을 건네주었고 나는 그가 가리킨 곳을 바라보았다. 그것은 습득물란에 실린 첫 번째 광고였다.

오늘 아침, 브릭스턴로에서 장식 없는 여성용 금반지 습득. 화이트 하트 태번과 홀랜드 그로브 사이의 도로에서 발견했음. 오늘 저녁 여덟시에서 아홉시 사이에 베이커가 221B번지, 왓슨 박사를 찾아올 것.

"실례지만 박사의 이름을 빌렸습니다."

홈즈는 말했다.

"내 이름을 쓰면 그 돌대가리 수사관들이 알아보고 참견하려고 할 것 같아서요."

"괜찮습니다."

나는 대답했다.

"하지만 누가 정말 찾아오면 어떻게 하지요? 나한테는 반지가 없는데요."

"아, 여기 준비해 놓았습니다."

그는 반지 하나를 내밀었다.

"이 정도면 될 겁니다. 거의 비슷하니까요."

"그런데 이 광고를 보고 누가 정말 찾아올 거라고 생각하십니까?"

"그럼요. 그 갈색 코트의 사내, 각진 구두코에 얼굴이 불그레한 친구 말입니다. 그 친구가 직접 오지 않는다면 공범이라도 보내올 겁니다."

"그런데 그자는 그렇게까지 하는 게 너무 위험하다고 생각하지 않을까요?"

"전혀 그렇지 않을 겁니다. 만일 내 관점이 옳다면, 그리고 나한 테는 그렇게 믿을 만한 이유가 있는데, 그 사내는 반지를 되찾기 위해서라면 어떤 위험이라도 무릅쓸 겁니다. 내 추측에 따르면 그자는 드리버의 시신 위로 몸을 굽혔을 때 반지를 떨어뜨렸어요. 그런데 그때는 그걸 몰랐지요. 그는 나중에 반지가 없어졌다는 사실을 알고 부랴부랴 반지를 찾으러 갔지만 그때는 이미 경찰이 그 집을 장악한 상태였지요. 그것은 그가 실수로 촛불을 켜놓고 나갔기 때문이었습니다. 그 집 문 앞에서 그는 경찰의 의심을 사지 않기 위해 취한 척해야 했습니다. 이제 입장을 바꿔놓고 생각해 보십시오. 그자는 반지를 잃어버린 일에 대해 골똘히 생각하다가, 그 집을 나온 뒤에 길에서 잃어버렸을지도 모른다는 생각을 했을 겁니다. 그러면 그다음에 어떻게 할까요? 그자는 신문의 습득물란을 열심히 찾아볼 겁니다. 물론 그는 이 광고를 보고 눈이 번쩍 뜨이겠지요. 기뻐 어쩔 줄 모를 겁니다. 함정일지도 모른다고 의심할 이유가 어디 있겠습니까? 그가 보기에 반지와 살인 사건을 결부시켜서 생각할 만한 이유가 전혀 없을 테니까요. 그자는 올 겁니다. 반드시. 우린 한 시간 안에 그자의 얼굴을 보게 될 겁니다."

"그자가 오면 어떻게 하지요?"

나는 물었다.

"아, 그다음 일은 나에게 맡겨두십시오. 그런데 무기는 갖고 계신가요?"

"오래된 군용 리볼버 하나와 탄약통이 몇 개 있습니다."

"그러면 총을 소제해서 장전해 놓는 게 좋겠습니다. 그자는 세상에 무서운 것이 없는 인간이니까요. 물론 나는 그자를 덮칠 겁니다. 그래도 철저하게 대비하는 게 좋지요."

나는 침실로 가서 홈즈가 말한 대로 했다. 내가 권총을 갖고 거실에 돌아갔을 때, 식탁은 치워져 있었고, 홈즈는 예의 바이올린 긁는 일에 심취해 있었다.

"얘기가 점점 재미있어지는군요."

내가 들어서자 홈즈가 말했다.

"방금 미국에서 답신이 왔습니다. 내가 세운 가설이 옳아요."

"대관절 그게 어떤?"

나는 흥분을 감추지 못했다.

"바이올린 줄을 갈아줘야겠어요."

그가 말했다.

"권총은 주머니에 넣어두십시오. 그자가 왔을 때 낌새를 채게 해서는 안 됩니다. 그냥 얘기만 하세요. 나머지는 나한테 맡겨두시고요. 그자를 너무 자세히 쳐다봐서 혹여 놀라게 하는 일이 없도록 해야 합니다."

"이제 여덟시가 됐군요."

나는 시계를 흘끗 쳐다보며 말했다.

"그렇군요. 그자는 아마 몇 분 안에 여기 올 겁니다. 문을 좀 열어놓으세요. 그 정도면 됐습니다. 이제 열쇠는 그 안에 넣어두시고요.

감사합니다! 이건 제가 어제 서가에서 골라낸 특이한 고서적입니다. 『국가 간의 정의』라는 건데, 로랜즈의 리에주에서 라틴어로 출판된 책입니다. 이 갈색 표지의 조그마한 책이 나온 것은 1642년, 찰스 1세의 머리가 아직도 목에 단단히 붙어 있을 때였습니다."

"출판인은?"

"필립 드 코이, 이 사람이 도대체 어떤 인물이었는지는 모르겠지만 말입니다. 표지 안쪽에는 색 바랜 잉크로 '윌리엄 휘테의 장서'라고 쓰여 있지요. 도대체 윌리엄 휘테가 누구였을까요. 나는 17세기의 실용주의 변호사였을 거라고 추측하고 있지요. 그 필체에선 법률가 냄새가 나니까요. 앗, 그자가 오는 것 같습니다."

홈즈가 말하는데 초인종 소리가 요란하게 울렸다. 셜록 홈즈는 살그머니 일어나 의자를 문 쪽으로 밀었다. 하녀가 문으로 나가 빗장을 여는 소리가 들렸다.

"왓슨 박사님이 여기 사시오?"

또렷하지만 목쉰 듯한 소리가 들려왔다. 하녀의 대답 소리는 들리지 않았지만 문이 닫혔고, 누군가 계단을 오르기 시작했다. 걸음걸이가 질질 끄는 듯했다. 유심히 귀 기울이던 홈즈의 얼굴에 당혹스러운 표정이 스쳐 갔다. 발소리는 천천히 복도를 걸어왔다. 힘없이 문 두드리는 소리가 들렸다.

"들어오세요."

나는 소리쳤다.

방에 들어온 사람은 우리의 기대와는 달리 기운찬 사내가 아니라

발을 절룩거리는 주름투성이 노파였다. 노파는 갑자기 환한 불빛 속에 들어와 눈이 부신 듯, 무릎을 구부려 인사한 뒤, 우릴 향해 흐린 눈을 깜빡이며 부들부들 떨리는 손으로 주머니를 뒤졌다. 홈즈를 흘끗 바라보니 그는 인상을 잔뜩 구기고 있었다. 내가 할 수 있는 일이라곤 최선을 다해 아무렇지도 않은 척하고 있는 것뿐이었다.

노파는 석간신문을 꺼내 우리가 낸 광고를 가리켰다.

"마음 좋으신 신사분네, 이 할망구가 온 건 이것 때문이라오."

노파는 다시 한번 무릎을 구부려 인사했다.

"브릭스턴로의 결혼 금반지 말이우. 그건 이달에 결혼한 지 꼭 1년 되는 우리 딸 샐리 거라우. 그년의 남편은 유니언호에서 급사 노릇을 하고 있는데, 그놈이 배에서 내려 제 마누라를 찾아왔다가 그 반지가 없어진 걸 알면, 어이구, 그다음엔 나도 어떻게 될지 모르겠수. 그놈은 맨정신일 때도 성질이 급한데, 거기다 술까지 처먹어놓으면 말이우. 아, 글쎄, 어젯밤에 그년이 서커스 구경을 갔다가…….”

“이게 따님의 반지가 맞습니까?”

나는 물었다.

“아이고, 감사합니다!”

노파는 호들갑을 떨었다.

“샐리란 년은 복도 많지. 바로 이게 그 반지라우.”

“주소가 어떻게 되십니까?”

나는 연필을 집어 들고 물었다.

“하운즈디치 던컨가, 13번지. 여기서는 하품이 나올 만큼 멀다우.”

“서커스가 벌어지는 곳 어디에서도 하운즈디치로 이어지는 길 중에 브릭스턴로는 없습니다.”

셜록 홈즈가 날카롭게 말했다.

노파는 고개를 돌리고 눈자위가 불그스레한 작은 눈으로 홈즈를 노려보았다.

“이 신사분이 물은 건 이 할망구의 주소 아니우.”

노파는 말했다.

“샐리란 년은 펙햄, 메이필드 플레이스, 3번지에 산다우.”

“그런데 할머니 성함은?”

“나는 성씨가 소여고, 그년은 데니스라우. 톰 데니스하고 결혼했으니까. 그놈이 그래 봬도 똑똑하고 일하는 건 깔끔하다우. 바다에 나가 있을 때는 말이우. 회사에서 그놈 이상 가는 급사는 없을걸. 그런데 이놈이 육지로 나오기만 하면 여자에, 술에……."

"소여 할머니, 반지 여기 있습니다."

나는 내 친구의 신호에 따라, 노파의 말허리를 자르고 말했다.

"이건 따님 물건이 틀림없으니까 기쁘게 돌려드리지요."

노파는 입속말로 감사와 축복의 말을 쏟아내며 반지를 주머니에 넣고 복도를 절름절름 내려갔다. 셜록 홈즈는 노파가 방을 나가자마자 벌떡 일어서서 자신의 방으로 달려갔다. 그리고 잠시 후 두꺼운 더블 코트와 스카프로 몸을 감싼 채 나타났다.

"저 할멈의 뒤를 쫓아야겠습니다."

홈즈는 급하게 말을 이었다.

"할멈은 같은 패거리임에 틀림없어요. 뒤를 따라가면 놈을 잡을 수 있을 겁니다. 갔다 올 테니 기다려주십시오."

1층 현관문이 닫히는 소리가 났을 때 홈즈는 벌써 계단을 내려가고 있었다. 창문으로 내다보니 노파는 길 건너편을 힘없이 걷고 있었고, 홈즈는 약간의 거리를 두고 그 뒤를 쫓았다. 나는 마음속으로 생각했다.

'홈즈의 가설이 틀리지만 않는다면 이제 드디어 수수께끼가 풀리겠군.'

홈즈는 내게 기다려달라고 말할 필요도 없었다. 어떻게 됐는지 얘기를 듣기 전까지는 잠이 올 것 같지가 않았으니까.

그가 집에서 나간 것은 아홉시가 다 돼서였다. 시간이 얼마나 걸릴지 알 수 없었지만, 나는 멍하니 앉아서 파이프 담배를 피우며 앙리 뮈르제르의 『보헤미안의 생활』을 뒤적거렸다. 밤 열시가 지나자 하녀가 방문 앞을 지나 침실을 향해 종종걸음 치는 소리가 들렸다. 밤 열한시, 하숙집 주인아주머니의 묵직한 발소리가 방문 앞을 지나 침실 쪽으로 가는 것이 들렸다. 현관문에서 날카롭게 열쇠 돌아가는 소리가 난 것은 거의 자정이 가까운 시각이었다. 홈즈가 방에 들어온 순간 나는 그의 얼굴을 보고 일이 잘못됐다는 사실을 깨달았다. 홈즈는 우습기도 하고 분하기도 한 듯 어쩔 줄 모르다가 잠시 후 미친 사람처럼 웃기 시작했다.

"무슨 일이 있어도 런던 경찰국 형사들한테는 이 일을 비밀로 해야겠습니다."

그는 의자에 털썩 앉으며 소리쳤다.

"그 사람들을 그렇게 놀려댔는데 어떻게 이런 얘기를 할 수 있겠습니까? 그래도 이렇게 웃을 수 있는 건, 나는 결국 그들을 제칠 수 있다는 것을 알고 있기 때문이지요."

"도대체 어떻게 된 겁니까?"

나는 물었다.

"허허, 나는 나한테 불리한 얘기라도 솔직히 털어놓을 수 있습니다. 그 할멈은 다리를 절룩거리면서 온갖 흉물을 다 떨더니 금방 지나가는 사륜마차를 세우더군요. 나는 할멈이 어떤 주소를 대는지 들어보려고 최대한 따라붙었지만 그렇게 안달할 필요도 없었지요.

할멈은 길 건너까지 들릴 만큼 큰 소리로 고함을 질렀으니까요. '하운즈디치, 던컨가, 13번지로 가주게!' 나는 그 주소가 진짜 맞나 보다고 생각하고 할멈이 마차에 탄 걸 확인한 다음에 마차 뒤에 달라붙었습니다. 탐정이라면 누구나 그런 기술을 갖고 있지요. 그리고 마차는 출발했습니다. 목적지에 도착할 때까지 마부가 말고삐 한 번 당긴 적이 없습니다. 나는 그 집 문 앞에 도착하기 직전에 마차 뒤에서 뛰어내린 다음 모르는 척하고 길을 내려갔지요. 마차가 서는 게 보이더군요. 마부가 뛰어내려서 문을 열고 손님이 내리기를 기다렸습니다. 그런데 할망구가 안 내리는 거예요. 가까이 가보니 마부가 텅 빈 마차 안을 미친 듯이 뒤지면서 별의별 욕을 다 퍼붓고 있더군요. 할멈은 흔적도 없이 사라졌습니다. 마부는 요금도 받지 못한 것 같더군요. 13번지에 가서 물어보니 집주인은 케스윅이라는 점잖은 표구업자였고, 소여나 데니스라는 사람에 대해서는 알지도 못한다고 하더군요."

"아니 그러면, 다리를 저는 그 힘없는 할머니가 달리는 마차에서, 그것도 마부나 당신에게 들키지 않고 뛰어내렸다는 겁니까?"

나는 깜짝 놀라 외쳤다.

"할머니는 무슨 얼어 죽을 할머니!"

셜록 홈즈는 날카롭게 말했다.

"속아 넘어간 할머니는 바로 우리였지요. 그자는 젊은 놈이었을 겁니다. 그것도 아주 힘이 좋은 치였어요. 그뿐입니까? 전문 배우 뺨치는 연기력에, 분장은 가히 최고의 솜씨였지요. 그자는 자기가 미행당한다는 사실을 알고 나를 따돌리기 위해 그런 수를 쓴 게 분명합니다. 어쨌든 우리가 쫓는 자는, 우리 생각과 달리 혼자가 아닌 것이 틀림없어요. 그자에겐 위험을 무릅쓰고라도 도움의 손길을 내밀 친구들이 많은 겁니다. 그런데 아주 피곤해 보이시는군요. 어서 들어가서 주무십시오."

정말 몹시 피곤했으므로 나는 그의 말을 따랐다. 홈즈는 오랫동안 자지 않고 연기 나는 난로 앞에 앉아 있었다. 나는 저음의 구슬픈 바이올린 소리가 흘러나오는 걸 듣고 그가 여전히 이 기묘한 사건에 대해 반추하고 있음을 알았다.

토비아스 그렉슨, 능력을 과시하다

　다음 날 신문에는 '브릭스턴 수수께끼'라고 명명된 사건에 관한 기사가 일제히 실렸다. 어느 신문에나 장문의 사건 기사가 실렸고, 일부 신문에선 그에 관한 사설까지 덧붙였다. 신문 기사에는 내가 미처 몰랐던 새로운 정보도 들어 있었다. 나는 그 사건에 대한 기사를 여러 개 철해 놓았다. 그중 몇 가지를 요약해 보면 다음과 같다.

　《데일리 텔레그래프》는 그동안 범죄의 역사에서 외국인이 등장한 사건은 거의 없었다는 사실을 지적했다. 피살자의 이름(이노크)이 독일식이라는 점, 뚜렷한 동기가 없다는 점, 그리고 벽에 남겨진 섬뜩한 글씨 등을 종합하여 정치적 망명객이나 혁명가에 의한 범행 쪽에 무게를 두었다. 미국에는 수많은 사회주의 조직이 있는데, 피살자는 그 조직의 불문율을 어겨서 이곳까지 추적당한 것이 틀림없다고 했다. 그리고 이 신문에선 중세의 비밀 법정 벰게리히트, 서서히 효과를 발휘하는 독약 아쿠아 토파나, 카르보나리당, 프랑스의 악명 높은 여자 살인마 브랭빌리에, 다윈 이론, 맬서스의 인구 법칙, 래트클리프 하이웨이 살인 사건 등을 장황하게 언급하고 난 뒤, 정부를 준절하게 꾸짖는 한편 영국 내의 외국인에 대한 철저한 감시를 주장하는 것으로 결론을 내렸다.

《스탠더드》는 이러한 종류의 무법 행위는 주로 자유주의 정부하에서 일어난다는 사실을 지적했다. '이러한 사건은 대중이 정신적으로 혼란스럽고, 그에 따라 모든 권위가 약해지는 때에 발생된다. 피살자는 런던에 몇 주 동안 체류했던 미국인 신사였다. 그는 캠버웰의 토키 테라스에 소재한 마담 차펜티어의 하숙집에서 머물렀다. 그리고 개인 비서인 조셉 스탠거슨 씨와 함께 여행에 나섰다. 이 두 사람은 지난 화요일, 하숙집 여주인에게 작별을 고하고 리버풀행 급행열차를 탈 거라며 유스턴 역으로 떠났다. 나중에 이들은 기차역에서 목격되었다. 그러나 앞서 보도된 대로 드리버 씨가 유스턴에서 한참 떨어진 브릭스턴로의 빈집에서 시체로 발견되기까지, 그 뒤 이 두 사람의 행적에 대해서는 알려진 바가 없다. 드리버 씨가 어떻게 그곳에 갔는지, 혹은 어떻게 범인과 만났는지는 아직도 오리무중이다. 스탠거슨의 행방에 대해서도 아직 밝혀진 바가 없다. 런던 경찰국의 레스트레이드 씨와 그렉슨 씨 두 사람이 사건에 투입됐다니 다행스럽기 짝이 없는 일이다. 명성이 높은 이들 두 형사가 빠른 시일 내에 사건의 전모를 밝혀낼 것으로 기대된다.'

《데일리 뉴스》는 이번 사건이 정치적인 범죄임에 틀림없다고 단정했다. '자유주의의 독선과 증오가 유럽 여러 나라의 정부를 자극하면서 영국 해안으로 수많은 사람들이 몰려들게 되었다. 이들은 그동안 겪은 쓰라린 체험에 대한 기억만 아니라면 훌륭한 시민이 되었을 사람들이다. 그런데 이들 집단에는 엄격한 내부 규정이 있는데 이것을 어긴 벌은 죽음이다. 현재 비서 스탠거슨 씨를 찾아내고, 피살자에 관한 자세한 정보를 수집하기 위해 다각도로 수사가 진행 중이다. 피살자가 하숙했던 집의 주소를 밝혀낸 것은 수사상의 큰 진전이라 아니할 수 없다. 이것은 전적으로 런던 경찰국 소속 그렉슨 씨의 날카로운 통찰과 노력에 힘입은 것임을 밝혀둔다.'

셜록 홈즈와 나는 아침 밥상머리에서 같이 이런 기사들을 읽어나갔다. 그는 이 기사들을 상당히 재미있어하는 듯했다.

"내가 말하지 않았습니까? 일이 어떻게 되든지 간에, 점수를 따는 쪽은 레스트레이드와 그렉슨이라고요."

"그건 일이 어떻게 되느냐에 따라 달라집니다."

"허허, 아니요. 그런 건 전혀 중요하지 않습니다. 범인을 잡으면 두 사람의 노력 '덕분'입니다. 그러나 범인을 놓치면, 두 사람의 노력에도 '불구하고'가 되는 거지요. 실속을 차리는 건 저 두 사람입니다. 그들은 무슨 일을 하든 추종자에 둘러싸여 있을 테니까요. '바보에게는 항상 그에 대해 감탄하는 더 큰 바보가 있다.'라는 프랑스어 속담이 있죠."

"도대체 저게 무슨 소리지요?"

바로 그때 아래층 홀에서 어지럽게 들려오는 여러 사람의 발소리

를 듣고 나는 외쳤다. 여럿이서 우당탕퉁탕 계단을 올라오는 소리
와 함께 하숙집 주인이 질색하는 소리가 들려왔다.

"베이커가 특공대입니다."

내 친구가 정색을 하고 말했다. 그의 말이 끝나기가 무섭게 방문
이 벌컥 열리더니 누더기를 입은 부랑아 대여섯이 들이닥쳤다.

"차렷!"

홈즈는 날카로운 목소리로 외쳤고, 지저분하기 짝이 없는 어린
양아치 여섯 명이 더러운 조각상처럼 일렬로 서서 부동자세를 취
했다.

"앞으로는 보고할 것이 있으면 위긴스만 올려 보내고 너희들은
길에서 기다려야 한다. 위긴스 어때, 알아냈나?"

"아직 못 알아냈습니다, 선생님."

그중 하나가 말했다.

"그럴 줄 알았다. 계속 알아봐라. 활동비는 여기 있다."

홈즈는 1실링씩 나누어주었다.

"자, 이제 가봐라. 다음번에는 좀 더 나은 보고를 하도록."

홈즈가 손짓하자 부랑아들은 쥐새끼처럼 복도를 뛰어내려 갔다. 곧 거리에서 시끌벅적하게 떠드는 소리가 들려왔다.

"저런 어린 거지 하나가 경찰 대여섯 명보다 더 많은 일을 할 수 있답니다."

홈즈는 말했다.

"사람들은 대개 제복 입은 사람만 봐도 입을 다뭅니다. 하지만 저런 아이들은 안 가는 데가 없고 못 듣는 얘기가 없습니다. 게다가 눈치 하나는 비상하지요. 저런 아이들을 조직해 놓으면 그다음부터는 저절로 알아서 굴러갑니다."

"이 브릭스턴 사건에서 저 아이들의 힘을 빌리는 겁니까?"

나는 물었다.

"그렇지요. 꼭 확인하고 싶은 점이 하나 있어서요. 그걸 밝혀내는 것은 시간문제입니다. 아이쿠! 이제는 아주 새로운 소식을 듣게 되겠군요! 저기 그렉슨이 희색이 만면한 얼굴로 오고 있습니다. 우릴 찾아온 게 분명해요. 그러면 그렇지, 바로 이 앞에서 걸음을 멈추는군요. 자, 다 왔습니다!"

초인종 소리가 요란하게 울리는가 싶더니 금발의 형사가 한 번에 세 계단씩 뛰어올라 와 거실에 들이닥쳤다.

"마침 집에 계시는군."

그렉슨은 큰 소리로 외치며 홈즈에게 달려들어 손을 덥석 잡았다.

"축하해 주시구려! 내가 모든 것을 깨끗이 밝혀냈소."

표정이 풍부한 내 친구 얼굴에 불안의 그림자가 스쳐 지나가는 듯했다.

"드디어 가닥을 제대로 잡았다는 얘깁니까?"

그가 물었다.

"가닥을 제대로 잡았느냐고? 아니요, 선생, 우린 범인을 체포했소이다."

"범인의 이름은?"

"아서 차펜티어, 대영제국 해군 중사요."

그렉슨은 가슴을 쭉 펴고 만족스러운 듯 통통한 두 손을 마주 비볐다.

셜록 홈즈는 안도의 한숨을 내쉬며 씩 웃고는 말했다.

"이리 앉으셔서 담배 한 대 태우시지요. 어떻게 그런 일을 해냈는지 정말 궁금합니다. 위스키를 좀 갖다 드릴까요?"

"그거 좋지."

형사가 대답했다.

"어제부터 정신없이 돌아다녔더니 이제는 녹초가 되었소이다. 선생도 알다시피, 육체적으로 힘들어서라기보다는 정신적인 긴장 때문에 그렇지요. 셜록 홈즈 선생, 우린 다 같은 정신 노동자 아니오?

선생은 아마 내 말을 이해할 거요."

"과분한 말씀이십니다."

홈즈는 정색을 하고 말했다.

"그런데 어떻게 그렇게 만족스러운 결과를 얻어냈는지 한번 얘기를 들어볼까요?"

형사는 안락의자에 앉아서 흡족하게 시가를 빨았다. 그러다 갑자기 손바닥으로 허벅지를 찰싹찰싹 때리며 웃어대기 시작했다.

"아무리 생각해도 웃기는 건······."

그가 외쳤다.

"저 바보 같은 레스트레이드 일이오. 그 친구는 자기가 굉장히 똑똑한 줄 아는데, 지금 완전히 헛다리를 짚었소이다. 그 친구는 사건과 아무 상관 없는 비서 스탠거슨을 뒤쫓고 있소. 아마 지금쯤은 틀림없이 그를 잡았을 거요."

그렉슨은 생각만 해도 우스운지 숨이 막히도록 웃어댔다.

"그러면 당신은 어떻게 단서를 잡았습니까?"

"아, 선생, 내가 말해 주리다. 물론, 왓슨 박사도 들으셔야지. 이 얘기는 어디 가서 절대로 발설하지 마시오. 내가 제일 처음 부딪친 어려움은 피살된 미국인의 신원을 밝혀내는 일이었소. 어떤 사람들은 신문 광고를 보고 연락이 오거나 누가 제 발로 걸어와서 정보를 줄 때까지 기다렸을 거요. 하지만 그건 이 토비아스 그렉슨의 방식이 아니거든. 선생은 피살자의 옆에 있던 그 모자를 기억하시오?"

"그렇습니다. 캠버웰로, 129번지, 존 언더우드 앤 선즈 제모점에서 만든 모자였지요."

홈즈가 말했다.

그러자 그렉슨은 어쩐지 풀이 죽은 듯했다. 그가 말했다.

"선생도 그걸 보았을 줄은 몰랐소. 거길 가보셨소?"

"아니요."

"저런!"

그렉슨은 안심한 목소리로 외쳤다.

"기회를 놓치셨구려. 그게 별로 중요해 보이지 않았던 모양이오."

"위대한 정신에 중요하지 않은 것은 없습니다."

홈즈는 설교 조로 말했다.

"에, 나는 언더우드 제모점에 갔었소. 그리고 주인한테 이러저러하게 생긴 모자를 판 적이 있느냐고 물었지요. 주인은 장부를 뒤지더니 금세 그걸 찾아냈소. 알고 보니 그 모자는 토키 테라스의 차펜티어 하숙집에 머무는 드리버 씨에게 배달됐더군요. 그렇게 해서 나는 하숙집 주소를 입수했던 거요."

"비상하군요. 정말 비상해요!"

셜록 홈즈가 중얼거렸다.

"나는 그다음에 차펜티어 부인을 찾아갔소."

형사는 말을 계속했다.

"부인은 창백한 얼굴에 몹시 지쳐 보였소. 딸도 그 옆에 있었는데 보기 드물게 아름다운 소녀더군요. 내가 말을 꺼내는데 딸의 눈자위가 붉어지더니 입술이 떨립디다. 나는 그걸 놓치지 않았소. 나는 뭔가 있다는 걸 냄새 맡은 거요. 셜록 홈즈 선생, 선생도 아시겠지만 제대로 된 단서를 포착하면 어떤 전율 같은 것이 느껴지잖소? '최근에 이 집에서 머물렀던 클리블랜드의 이노크 J. 드리버 씨가 의문의 죽임을 당한 사실을 알고 계십니까.' 나는 이렇게 물었소.

부인이 고개를 끄덕이더군요. 부인은 한마디도 할 수 없는 상태인 것 같았소. 딸은 울음을 터뜨렸지요. 나는 두 모녀가 단순히 드리버 씨의 죽음 때문에 놀라서 그러는 것만은 아니라는 걸 감 잡았소. '드리버 씨가 몇 시에 기차를 타러 떠나셨습니까?' 나는 이렇게 물었소.

'저녁 여덟시요.' 부인은 동요를 숨기려고 애쓰며 말했소. '비서인 스탠거슨 씨는 저녁 아홉시 15분 기차와 열한시 기차가 있다고 했지요. 그런데 아홉시 15분 기차를 타겠다고 하더군요.'

'그러면 그분을 마지막으로 본 것이 그때였습니까?' 내가 그렇게 질문했을 때 부인의 얼굴이 무섭게 변했소. 얼굴이 완전히 납빛으로 되더군. 부인은 잠시 뜸들이다가 목이 쉰 듯 부자연스러운 목소리로 '예.'라는 한마디를 간신히 토해 냈소. 그리고 잠시 침묵이 흘렀소이다. 그러다가 딸이 침착한 목소리로 또박또박 이야기했소.

'엄마, 그런 거짓말은 도움이 되지 않아요.' 딸이 이렇게 말했소이다. '우리, 이 신사분에게 솔직히 말씀드려요. 드리버 씨는 여기 다시 왔잖아요.'

'오, 하느님!' 차펜티어 부인은 두 손을 번쩍 들고 의자에 몸을 기대며 외쳤소이다. '네가 오빠를 죽이려 드는 거냐.'

'오빠를 위해서라면 진실을 말하는 게 나아요.' 딸은 단호하게 대답했소.

'사실 그대로 털어놓는 게 가장 좋습니다.' 나는 말했소. '반만 털어놓는 것은 아예 얘기를 안 하느니만 못하지요. 게다가 부인은 우리가 사실을 어디까지 파악하고 있는지도 모르시잖습니까.'

'앨리스! 이건 네 책임이다!' 부인은 이렇게 소리치고 나를 바라보았소. '형사님, 다 말씀드리겠습니다. 제가 우리 아들 때문에 이렇게 걱정하는 것은 그 녀석이 끔찍한 짓을 저질렀을지도 모른다고 생각하기 때문은 아니니까, 절대로 오해하지 마십시오. 걔한테는 아무 죄도 없습니다. 하지만 형사님의 눈을 보고, 다른 사람들의 눈을 보니 그 애가 다칠 수도 있겠구나 하는 생각이 들어서 무섭습니다. 하지만 그건 절대로 있을 수 없는 일이에요. 그 애의 고결한 인격과 군인이라는 신분, 바른 행실을 생각해 보면 도저히 그럴 수는 없습니다.'

'가장 좋은 것은 모든 사실을 깨끗이 털어놓는 겁니다.' 나는 대답했소. '부인의 얘기를 들어보고, 아드님이 결백하다는 게 분명하면 아무 일도 없을 겁니다.'

'얘야, 넌 나가 있어라.' 엄마가 말하자 딸은 방을 나갔지요. '형사님, 저는 형사님한테 이런 얘기를 다 털어놓을 생각이 없었습니다. 하지만 우리 가엾은 딸이 말해 버렸으니 할 수 없군요. 일단 말하기로 결심했으니까, 사소한 것이라도 빠뜨리지 않고 다 말씀드리겠어요.'

'현명하십니다.' 나는 이렇게 말해 주었소.

'드리버 씨는 거의 3주 동안 여기서 지냈습니다. 비서 스탠거슨 씨와 동행했는데, 여기 오기 전에 유럽 여행을 다녔다고 하더군요. 그분들의 가방마다 코펜하겐 꼬리표가 붙어 있는 것으로 보아 마지막 기착지가 그곳이었던 것 같았습니다. 스탠거슨은 조용하고 점잖은 사람이었지만 드리버 씨는, 이런 말을 해서 안됐지만 완전히 정반대였답니다. 드리버 씨는 태도가 거칠고 사람됨이 상스러웠어요. 이 집에 온 날 저녁부터 술을 마시고 무례하게 굴었지요. 낮 열두시 이후에는 거의 맨정신으로 있는 법이 없었고 여자 하인들을 보면 집적대면서 희롱하는 게 일이었답니다. 제일 나쁜 것은 우리 딸 앨리스에게도 점점 똑같은 행동을 하게 됐다는 거였지요. 그 사람은 딸에게 몇 번인가 추잡한 말을 했지만 다행히도 우리 아이가 너무 순진해서 그 말을 못 알아들었지요. 한번은 그 애의 팔을 잡아당기며 껴안기도 했답니다. 그 무도한 행동을 보고 비서 양반이 신사답지 못한 행동이라고 주인을 나무라기까지 했지요.'

'그런데 왜 참고 계셨습니까.' 내가 물었소이다. '어느 때건 하숙인을 내보낼 수 있었을 텐데요.'

차펜티어 부인은 내가 단도직입적으로 질문하자 얼굴을 붉혔소. '저는 그 인간이 여기 온 날부터 당장 쫓아내고 싶었습니다.' 부인은 말했소. '하지만 유혹이 너무 컸답니다. 하숙비가 1인당 하루 1파운드씩, 1주일이면 14파운드였지요. 그런데 요즘은 비수기잖아요. 과부의 몸으로 해군에 있는 아들 치다꺼리에 돈이 좀 많이 들어야지요. 그놈의 돈이 원수지요. 저는 꾹 참고 최선을 다했습니다. 하지만 우리 딸한테 그러는 걸 보고 이제는 끝이다 싶어서 당장 나가달라고 했지요. 드리버 씨가 이 집을 나간 것은 그래서였습니다.'

'그런데요?'

'그 인간이 마차를 타고 떠나는 걸 보니 속이 시원하더군요. 우리 아들은 그때 마침 휴가를 나왔는데 저는 아들한테는 입도 뻥긋하지 않았습니다. 그 애는 성격이 불같은 데다가 제 누이동생을 끔찍이 위하거든요. 두 사람을 보내고 문을 닫고 돌아서는데 10년 묵은 체증이 내려가는 듯했습니다. 휴, 그런데 한 시간도 안 돼서 초인종 누르는 소리가 들렸습니다. 드리버 씨가 돌아왔어요. 그 사람은 잔뜩 흥분해 있는 데다가 술 때문에 제정신이 아닌 것 같았습니다. 그 사람은 억지로 집 안으로 밀고 들어와 저와 제 딸이 앉아 있던 방에 들어와서는 기차를 놓쳤다는 둥 횡설수설하더군요. 그러더니 딸한테 같이 가자고 했습니다. 제 엄마가 보는 앞에서 말이에요. '넌 다 컸다.' 그 인간이 그러더군요. '그러니 법적으로는 전혀 하자가 없단 말이다. 이 아저씨한텐 돈이 많단다. 여기 있는 할망구한테는 신경 쓸 거 없으니까 나랑 가자. 내가 공주처럼 살게 해줄 테니.' 불쌍한 딸애가 겁에 질려서 꼼짝 못하고 있는데 그놈이 딸애의 손목을 틀어쥐고 강제로 문 쪽으로 끌고 가기 시작했습니다. 나는 비명을 질렀고, 그때 아들 아서가 방 안으로 들어왔지요. 그다음에는 어떻게 됐는지 모르겠습니다. 욕지거리, 치고받고 하는 소리가 들렸지요. 난 너무 무서워서 고개를 들 수가 없었어요. 내가 눈을 들었을 때는 아서가 손에 지팡이를 들고 문 앞에서 웃고 있었어요. '저 자식이 다시는 우릴 괴롭히는 일이 없을 거예요.' 아들은 말했지요. '그래도 저 자식이 무슨 짓을 하는지 쫓아가봐야겠어요.' 아들은 그렇게 말하고 모자를 쓰고 거리로 뛰어나갔습니다. 그리고 다음 날 우리는 드리버 씨가 의문의 죽임을 당했다는 얘길 듣게 되었지요.'

차펜티어 부인은 숨을 헐떡이면서 간신히 이런 얘기를 했소. 어떤 때는 목소리가 너무 작아서 무슨 말인지 알아듣기 힘들 때도 있었소. 하지만 나는 부인의 말을 전부 속기로 기록해 뒀소이다. 그러니까 틀릴 리는 없을 거요."

"정말 재미있는 얘기군요."

셜록 홈즈는 하품을 하며 말했다.

"그다음에는 어떻게 됐지요?"

"차펜티어 부인이 이야기를 끝냈을 때……."

형사는 말을 계속했다.

"나는 이 순간이 사건 해결에 얼마나 중요한지를 깨달았소. 나는 부인의 눈을 똑바로 쳐다보고 ── 이 방법은 여자들한테는 항상 잘 먹혀들거든. ── 아들이 집에 온 시간이 몇 시인지 물었소이다.

'모르겠어요.' 부인은 말했소.

'모른다고요?'

'모릅니다. 그 애는 현관 열쇠를 갖고 있어요. 그래서 어느 때건 마음대로 집에 드나들 수 있지요.'

'아드님이 돌아온 건 부인이 잠자리에 든 다음이었나요?'

'예.'

'부인이 자러 간 시간이 몇 시쯤이었지요?'

'열한시쯤.'

'그러면 아드님은 적어도 두 시간은 밖에 나가 있었군요?'

'예.'

'새벽 네시나 다섯시쯤에 들어왔나요?'

'예.'

'아드님은 그동안 무엇을 했지요?'

'모르겠어요.' 부인은 입술까지 하얗게 질린 채 대답했소이다.

물론 그다음에 나는 더 이상 할 말이 없었소. 나는 경관 둘을 데리고 차펜티어 중사를 찾아서 체포했소이다. 내가 어깨를 탁 치며 순순히 따라오라고 경고하자 그 친구는 아주 뻔뻔스럽게 이렇게 말하더군. '제가 그 드리버라는 악당의 죽음과 관련돼 있다고 생각하시는 모양이군요.' 아무도 드리버 얘기를 하지 않았는데 제가 먼저 그 말을 꺼낸 것이 제일 의심스러웠소."

"정말 그렇군요."

홈즈가 말했다.

"그 친구는 드리버를 쫓아갈 때 가지고 갔다던 그 무거운 지팡이를 아직도 들고 있었소. 그건 굵은 참나무 곤봉이었소."

"그러면 당신의 가설은 무엇입니까?"

"에, 내 생각은 차펜티어가 브릭스턴로까지 드리버를 쫓아갔다는 거요. 거기서 둘은 다시 한번 옥신각신했고, 그러다가 드리버는 그

지팡이로 한 방 얻어맞고 즉사한 거요. 복부의 윗부분을 정통으로 맞으면 아무 외상도 없이 죽을 수 있으니까 말이오. 그날 밤은 비가 와서 길에는 행인이 없었소. 그래서 차펜티어는 드리버의 시체를 빈집에 끌어다 놓은 거요. 촛불과 핏자국, 벽에 쓴 글씨, 그리고 반지 따위는 모두 경찰 수사에 혼선을 빚기 위한 장치들일 거요."

"훌륭합니다!"

홈즈는 격려 조로 말했다.

"그렉슨, 정말 잘하고 있어요. 당신은 앞으로 뭔가를 해내겠어요."

"나도 내가 그렇게 깔끔하게 일 처리를 한 점이 자랑스럽소."

형사는 자랑스럽게 대답했다.

"그 청년은 묻지도 않았는데 이런 얘기를 하더구먼. 자기가 드리버의 뒤를 쫓아가니까 그가 자기를 떼어내기 위해 마차를 잡아탔다고 말이오. 그래서 집에 오는데 옛날에 같은 배를 탔던 선원을 만나서 한참 동안 같이 산책했다고 했소. 하지만 그 선원이 어디 사는지 묻자 우물쭈물하며 속 시원한 대답을 하지 못했소. 나는 사건 전체가 이상할 정도로 잘 맞아떨어진다고 생각하오. 그런데 생각할수록 우스운 건 레스트레이드요. 그 친구는 처음부터 완전히 헛다리를 짚었소. 나는 그 친구가 허탕 치고 올 것 같아 걱정이오. 아이쿠, 저런, 호랑이도 제 말 하면 온다더니!"

그것은 정말 레스트레이드였다. 우리가 이야기를 나누는 동안 그는 계단을 올라와서 방문을 밀치고 들어섰다. 평소의 그 경쾌하고 확신에 넘치는 태도는 온데간데없었다. 그는 풀이 잔뜩 죽어 있을

뿐 아니라 단정하던 옷차림마저 엉망으로 흐트러져 있었다. 그는 셜록 홈즈에게 자문할 목적으로 온 것이 틀림없었다. 왜냐하면 동료를 보자 당황해서 어쩔 줄 몰랐기 때문이다. 레스트레이드는 방 한가운데 서서 모자를 만지작거리며 어떻게 해야 할 바를 몰랐다.

"이렇게 이상한 사건은 처음이오."

그는 마침내 입을 열었다.

"정말 이해하기 힘든 사건이오."

"아, 레스트레이드 군! 자네는 그렇게 생각하나?"

그렉슨이 의기양양하게 소리쳤다.

"난 자네가 그런 결론을 내릴 줄 알았네. 그래, 조셉 스탠거슨 비서는 찾았나?"

"조셉 스탠거슨 씨는⋯⋯."

레스트레이드는 침통하게 말했다.

"오늘 아침 여섯시경 핼리데이 프라이빗 호텔에서 살해당했네."

어둠 속의 빛

레스트레이드가 가져온 정보는 전혀 예상치 못한 것이어서 우리는 깜짝 놀랐다. 그렉슨은 의자에서 벌떡 일어서다가 남은 위스키를 엎질렀다. 나는 말없이 홈즈 쪽을 바라보았는데 그는 입술을 꽉 다문 채 이마를 잔뜩 찌푸리고 있었다.

"스탠거슨도!"

홈즈는 중얼거렸다.

"사건이 점점 재미있어지는군."

"이 사건은 그렇지 않아도 충분히 재미있었소."

레스트레이드가 의자를 잡아당기며 투덜거렸다.

"꼭 무슨 참모 회의에 온 기분이오."

"그런데, 그런데 그건 틀림없는 정보인가?"

그렉슨이 더듬거리며 말했다.

"나는 지금 스탠거슨이 투숙했던 호텔에 다녀오는 길이네."

레스트레이드가 말했다.

"사건 현장을 처음으로 발견한 사람이 바로 날세."

"우린 여태까지 그렉슨 형사의 사건에 대한 견해를 듣고 있었지요."

홈즈는 말했다.

"우선 스탠거슨 사건의 경위를 설명해 주십시오."

"그러겠소."

레스트레이드는 의자에 털썩 주저앉으며 대답했다.

"솔직히 말해서 나는 스탠거슨이 드리버의 죽음과 관계있다는 심증을 갖고 있었소. 하지만 사건이 완전히 새로운 국면으로 넘어가면서 내 생각이 완전히 틀렸다는 게 드러난 셈이오. 어쨌든 나는 스탠거슨을 찾아내야 한다는 생각에 사로잡혀서 그의 소재를 파악하는 일에 뛰어들었소. 드리버와 스탠거슨 두 사람은 3일 저녁 여덟시 반경에 유스턴 역에서 함께 있는 것이 목격되었소. 그리고 밤 두시에 드리버는 브릭스턴로에서 시체로 발견되었고. 당면한 문제는 여덟시 반에서 범행이 일어난 시각까지 스탠거슨의 행적을 밝혀내고 그의 소재를 찾아내는 거였소. 나는 리버풀에 전보를 쳐서 스탠거슨의 인상착의를 설명하고, 그런 남자가 미국행 배에 승선하는지 여부를 지속적으로 관찰하라고 지시했소. 그리고 나는 유스턴 부근에 있는 호텔과 하숙집을 상대로 탐문 수사에 들어갔소이다. 여러분도 알다시피 나는 드리버와 비서가 헤어졌다면 비서는 당연히 역

근처에서 하룻밤을 보내고 다음 날 아침 다시 기차역에 나타날 거라고 생각했소."

"아니면 둘이 사전에 모종의 약속을 해놓았을 수도 있지요."

홈즈가 한마디 거들었다.

"바로 그거요. 나는 어제저녁 내내 유스턴 일대를 뒤지고 다녔지만 아무 성과가 없었소. 그래서 오늘은 새벽부터 움직이기 시작해서 여덟시에는 리틀 조지가의 핼리데이 프라이빗 호텔에 도착했소. 프런트에서 혹시 스탠거슨 씨가 투숙했느냐고 묻자 재깍 대답이 돌아왔소.

'손님께서 기다리던 분이 이제야 오셨군요.' 프런트 직원이 말했소이다. '손님께선 어떤 신사분이 올 거라며 이틀 내내 기다리셨습니다.'

'그분은 지금 어디 계신가?' 나는 물었소.

'스탠거슨 씨는 지금 2층 객실에서 주무시고 계십니다. 아홉시에 깨워달라고 하셨지요.'

'당장 올라가서 만나봐야겠네.' 나는 말했소.

내가 기습적으로 나타나면 스탠거슨은 당황한 상태에서 뭔가를 털어놓을 것 같았소. 호텔의 구두닦이가 자진해서 나를 안내해 주겠다고 나섰소이다. 그 방은 2층에 있었는데 작은 복도를 거쳐야 했소. 구두닦이는 내게 그 방문을 가리켜주고 돌아섰소이다. 그런데 그 순간, 경찰 경력 20년의 내가 보기에도 구역질 나는 뭔가가 눈에 띄었소이다. 방문 밑으로, 빨간 리본 같은 핏줄기가 꾸불꾸불 새어

나와 복도 건너편에 자그마한 피 웅덩이를 만들고 있었던 거요. 나는 소리를 질렀고, 구두닦이가 깜짝 놀라 돌아섰소. 그 친구는 그걸 보고 거의 기절할 뻔했소이다. 방문은 안에서 잠겨 있었지만 우리 둘이 어깨로 밀어서 문을 열었소. 창문은 활짝 열려 있었고, 창가에는 물건이 마구 흩어져 있었소. 그리고 잠옷 차림의 남자가 시체가 되어 누워 있었소. 팔다리가 차갑게 굳은 것으로 보아 죽은 지 상당한 시간이 경과한 것 같았소. 시체를 돌려 눕히자 구두닦이는 그가 조셉 스탠거슨이라는 이름으로 투숙한 신사라는 것을 곧 알아보았소. 사인은 왼쪽 가슴의 깊은 자상이었소. 칼이 심장을 관통한 게 틀림없어 보였소이다. 그리고 이 사건을 이해하기 힘들게 만드는 이상한 것이 눈에 띄었소. 피살자의 시신 위쪽에 뭐가 있었을 것 같소?"

셜록 홈즈가 대답하기 전부터, 나는 어떤 끔찍한 것을 예감하고 모골이 송연해졌다.

"피로 쓴 '라헤.'"

홈즈가 말했다.

"바로 그거요."

레스트레이드는 몸을 움츠리며 말했고, 잠시 무거운 침묵이 흘렀다.

이 얼굴 없는 살인자의 행동에는 아주 규칙적이고도 이해하기 힘든 부분이 있어서, 그의 범죄 행각은 유난히 소름 끼쳤다. 전쟁터에서도 너끈히 견뎌낸 나의 신경은 그 생각을 하자 찌릿찌릿해 왔다.

"그런데 범인을 목격한 사람이 있소."

레스트레이드는 말을 계속했다.

"그것은 우유 배달 소년이오. 그 소년은 호텔 뒷길로 해서 우유 가게에 가던 중이었소. 그런데 보통 때는 길바닥에 놓여 있던 사다리가 2층의 어느 방 창문 밑에 세워진 걸 보았소. 그 방 창문은 활짝 열려 있었는데 가다가 뒤를 돌아보니 한 남자가 사다리를 타고 내려오는 게 보였다오. 그 남자는 너무도 태연해서 그 애는 그 남자가 호텔에 불려와서 일하는 목수나 가구장이인 줄 알았다오. 그래서 마음속으로는 일을 시작하기엔 좀 이른 시간이라고 생각하면서도 그 남자를 자세히 살펴보지는 않았던 거요. 하지만 언뜻 보기로는 키가 크고 얼굴이 유난히 붉고 긴 갈색 코트를 입었다고 했소. 놈은 범행을 한 후에 잠시 지체했던 것이 틀림없소. 왜냐하면 세면대에 핏물이 고여 있었고, 시트에는 그자가 피 묻은 손과 피 묻은 칼을 닦은 자국이 남아 있었으니까 말이오."

살인범의 인상착의가 홈즈의 생각과 정확하게 일치했으므로 나는 홈즈를 흘끗 쳐다보았다. 그러나 그의 얼굴에 기뻐하거나 만족해하는 빛은 없었다.

"현장에 뭔가 단서가 될 만한 것은 없었습니까?"

홈즈가 물었다.

"전혀. 스탠거슨의 주머니에는 드리버의 지갑이 들어 있었지만 스탠거슨이 모든 계산을 다 했다는 사실을 생각하면 그것은 당연한 일로 보이오. 지갑 속에는 팔십 몇 파운드가 들어 있었고, 없어진 것은 없었소. 이 기묘한 범죄의 동기가 무엇인지는 모르겠지만 절도가 아니라는 것은 분명하오. 또 피살자의 주머니에 서류나 메모 같은 건 없었고, 한 달 전 클리블랜드에서 보낸 'J. H.는 유럽에 있음.'이라고 쓰인 전보 한 장이 달랑 들어 있었소. 보낸 이의 이름 같은 건 없었소이다."

"그 밖에는?"

홈즈가 물었다.

"그 밖에는 별로 중요한 게 없었소. 침대 위에는 자기 전에 읽는 소설이 한 권 놓여 있었고, 의자 위에는 파이프가 있었소. 또 탁자 위에 물 한 잔이 있었고, 창틀에는 알약이 두 알 들어 있는 작은 약상자가 있었소이다."

셜록 홈즈는 기쁜 얼굴로 벌떡 일어섰다.

"마지막 고리가 발견됐군요."

그는 들뜬 목소리로 외쳤다.

"사건은 해결됐습니다."

두 형사는 놀란 얼굴로 홈즈를 응시했다. 내 친구는 자신 있게 말했다.

"이 사건의 전모를 완전히 파악했습니다. 물론 세세한 부분에 대해서는 좀 더 밝혀내야 하지만, 드리버와 스탠거슨이 역에서 헤어지고 난 다음부터, 비서의 시신이 발견되기까지의 굵직한 사실들에 대해서는 내 눈으로 직접 본 것처럼 똑똑히 알고 있습니다. 이제 증거를 보여드리지요. 그 알약을 좀 볼 수 있을까요?"

"그건 여기 있소."

레스트레이드가 조그만 하얀 상자를 꺼내며 말했다.

"본서 금고에 보관해 둘 생각으로 상자와 지갑, 전보를 다 가져왔소. 솔직히 말해서 나는 이 알약에 대해서는 전혀 의미를 부여하지 않기 때문에 이걸 가져올 생각은 별로 없었소이다."

"이리 좀 줘보세요."

홈즈가 말했다.

"자, 박사."

그는 나를 향해 돌아섰다.

"이건 보통 알약입니까?"

그렇지는 않았다. 그것은 은회색의 작고 둥근 알약으로 햇빛에 비춰보니 거의 투명했다.

"이렇게 가볍고 투명한 걸 보니 물에 녹을 가능성이 높군요."

나는 말했다.

"정확하게 보셨군요."

홈즈는 대답했다.

"미안하지만 아래층에 내려가서 어제 하숙집 주인아주머니가 박사에게 안락사시켜 달라고 부탁했던 그 병든 테리어를 좀 데리고 와주겠습니까?"

나는 아래층으로 내려가서 개를 안고 올라왔다. 병든 테리어의 힘겨운 숨소리와 흐릿한 눈은 죽음이 머지않다는 걸 말해 주고 있었다. 사실 그 눈처럼 새하얀 주둥이는 개가 이미 평균 수명 이상을 살았다는 사실을 증명하고 있었다. 나는 테리어를 양탄자 위의 방석에 올려놓았다.

"자, 이제 이 알약을 반으로 나누겠습니다."

홈즈는 주머니칼을 꺼내서 알약을 쪼갰다.

"나중에 필요할 테니까 절반은 도로 상자에 넣겠습니다. 나머지 절반은 물을 조금 넣은 이 포도주 잔에 넣고요. 약이 금세 녹는 걸 보니 박사 말이 옳다는 걸 알겠군요."

"거참 재미있군."

레스트레이드는 자신이 놀림감이 되고 있다고 생각하는 사람 특유의 상처받은 목소리로 말했다.

"하지만 그게 조셉 스탠거슨의 죽음과 무슨 상관이 있다는 거요?"

"인내! 사람은 인내할 줄 알아야 해요! 조금만 기다리면 이 알약이 사건과 불가분의 관계가 있다는 걸 알게 될 겁니다. 이제는 맛을 내기 위해 우유를 좀 타겠습니다. 이걸 주면 아마 잘 먹을 겁니다."

홈즈는 말하면서 포도주 잔에 든 것을 접시에 쏟아서 테리어에게 내밀었다. 개는 순식간에 접시를 싹싹 핥았다. 셜록 홈즈의 태도가 하도 진지해서 우리 모두는 그의 분위기에 동화된 채 숨죽이고 앉아서, 어떤 놀라운 효과가 나타나기를 기다리며 개를 뚫어지게 바라보았다. 하지만 별다른 변화는 나타나지 않았다. 개는 방석 위에 배를 깔고 엎드려서 여전히 거칠게 숨을 몰아쉬고 있었지만, 약을 먹어서 더 좋아지거나 나빠진 점이 없는 것은 분명했다.

홈즈는 시계를 꺼내 들었다. 그러나 이렇다 할 변화 없이 1분 1분 시간이 흐르자, 그의 얼굴에는 말할 수 없이 상심하고 원통해하는

표정이 떠올랐다. 그는 입술을 깨물고 손가락으로 탁자를 톡톡 두들기며, 조바심치는 사람의 모든 증상을 다 보여주었다. 그가 너무도 상심하는 모습을 보고 나는 진심으로 안타까웠지만, 두 형사는 홈즈가 난관에 봉착한 것이 전혀 기분 나쁘지 않은 듯 실실 웃음을 흘리고 있었다.

"우연의 일치일 리가 없어."

홈즈는 소리치며 자리를 박차고 일어나 방 안을 미친 듯이 오락가락했다.

"단순한 우연의 일치라는 건 말이 안 돼. 내가 드리버의 가방 속에 들어 있을 거라고 추측했던 그 알약이 스탠거슨의 사망 후에 실제로 발견됐어. 그런데 그게 아무 효과가 없다니. 그게 무슨 뜻이지? 나의 추리가 연쇄적으로 다 틀렸을 리는 없는데. 말도 안 돼! 그런데 이 가엾은 개는 아무렇지도 않은가 말이다. 아, 맞아! 바로 그거야!"

홈즈는 미친 사람처럼 소리 지르며 약상자로 달려갔다. 그리고 남은 알약을 꺼내 반으로 자른 다음, 물에 녹이고 우유를 첨가해서 테리어에게 주었다. 불운한 짐승은 접시에 혀를 대는 듯하더니 사지를 부들부들 떨며 벼락을 맞은 듯이 뻣뻣해지면서 숨이 끊어지고 말았다.

셜록 홈즈는 긴 한숨을 내쉬고 이마의 땀을 닦았다.

"나는 좀 더 강한 신념을 가져야 했습니다."

그는 말했다.

"복잡한 과정을 거친 추리의 결과에 반하는 사실이 나타날 때, 그것은 틀림없이 다른 해석의 여지가 있음을 의미한다는 걸 알아야 했지요. 상자에 있는 알약 두 개 중에서, 하나는 치명적인 독약이고 다른 하나는 완전히 맹탕이었습니다. 나는 약상자를 보기 전부터 그 정도는 알았어야 했던 겁니다."

이 말을 듣고 나는 아연실색해서 홈즈가 과연 제정신인지 믿기 힘들 정도였다. 그러나 죽은 개는 그의 추리가 옳다는 걸 증명해 주고 있었다. 내 마음속에서 안개가 서서히 걷히는 듯하면서 어렴풋이 진실이 보이기 시작했다.

"이 모든 게 전혀 이해되지 않으실 겁니다."

홈즈는 말을 계속했다.

"왜냐하면 여러분들은 수사를 시작할 때, 하나뿐인 진짜 단서의 중요성을 인식하는 데 실패했으니까요. 나는 다행스럽게도 그것의 의미를 간파했습니다. 그리고 그다음부터 일어난 모든 사건은 나의 최초 가설이 옳다는 것을 확인해 주는 한편 그것의 논리적 결과이기도 했습니다. 그러므로 사건을 복잡하고 혼란스럽게 만드는 듯했던 것들이 오히려 나에게 깨우침을 주었고, 나를 올바른 결론으로 이끌어 갔지요. 가장 일상적인 범죄가 가장 이해하기 힘든 것이 될 수가 있습니다. 왜냐하면 평범한 사건에는 새롭거나 특이한 점들이 없어서 추리를 전개시켜 나가기가 곤란하니까요. 피살자의 시체가 이 사건을 주목할 만한 것으로 만든 기이하고 충격적인 장치들 없이 그냥 길에서 발견됐다면, 이 살인 사건은 정말 해결하기가 쉽지 않았을 겁니다. 이 사건의 이상한 요소들은 사건을 더욱 어려운 것으로 만들기는커녕 그 반대의 효과를 냈습니다."

상당한 인내심을 발휘하여 이 연설에 귀 기울이고 있던 그렉슨 씨가 더 이상 참지 못하고 말했다.

"셜록 홈즈 선생, 잠깐만, 우리는 선생이 머리가 비상하고 수사 기법이 독창적이라는 걸 인정할 준비가 되어 있소. 하지만 우리가 지금 원하는 건 단순한 이론이나 설교가 아니오. 문제는 범인을 잡아내는 거요. 나도 수사 방향을 정하고 수사를 시작했지만 내가 세운 가설은 틀린 것 같소. 차펜티어 군이 이 두 번째 범행에 연루됐을 가능성은 전무하니까 말이오. 레스트레이드도 스탠거슨을 추적했지만 역시 틀린 것 같소. 그런데 선생은 여기서 찔끔, 저기서 찔끔

암시를 줬는데 우리보다는 많이 알고 있는 것 같소. 자, 이제 선생이 이 사건에 대해 알고 있는 것을 솔직히 털어놓을 때가 됐소. 선생은 범인의 이름을 알고 있소이까?"

"홈즈 선생, 그렉슨의 말이 옳은 것 같소이다."

레스트레이드가 거들었다.

"우리 둘 다 노력했지만 둘 다 실패했소. 나는 이 방에 들어온 뒤에 선생이 모든 증거를 다 확보했다는 얘기를 하는 걸 한 번 이상 들었소. 이제 더 이상 그것을 감추지 마시오."

나도 거들었다.

"범인 체포를 지체하는 것은 그자에게 제3의 범행을 저지를 여유를 주는 것인지도 모릅니다."

이렇게 사방에서 압박해 들어가자 홈즈는 마음이 흔들리는 듯했다. 그는 생각에 잠겼을 때 으레 하던 대로, 고개를 떨구고 얼굴을 잔뜩 찌푸린 채 방 안을 오락가락했다.

"더 이상의 살인은 없을 겁니다."

홈즈는 문득 걸음을 멈추고 우리를 쳐다보며 말했다.

"그런 것은 염려하지 않으셔도 될 겁니다. 그리고 나한테 범인의 이름을 알고 있느냐고 했는데, 그렇습니다. 하지만 그자를 붙잡을 가능성에 비하면 이름 따위는 사소한 것이지요. 나는 범인 체포가 머지않았다고 생각합니다. 내가 그런 확신을 갖게 된 것은 사전에 다 손을 써놓았기 때문입니다. 하지만 우리가 상대하고 있는 자는 영리하기 짝이 없을 뿐만 아니라 필사적으로 날뛰고 있는 자이기 때문에 극히 조심스럽게 행동해야 합니다. 더구나 범인은 그에 못지않게 두뇌가 비상한 제3의 인물로부터 도움을 받고 있어요. 범인이 포위망이 좁혀 들고 있다는 것을 전혀 눈치채지 못했다면 체포할 가능성은 충분합니다. 하지만 그자가 조금이라도 의심을 품는 날에는, 그자는 이름을 바꾼 뒤에, 인구 400만의 대도시 속으로 순식간에 자취를 감춰버리고 말 것입니다. 나는 두 분 수사관의 감정을 건드릴 의도는 없지만, 그래도 이 일당이 공권력에게는 힘이 부치는 상대라는 것을 말하지 않을 수 없습니다. 내가 두 분의 조력을 요청하지 않은 것은 그 때문이었지요. 물론, 범인 체포에 실패하는 날에는 지금의 행동에 대한 비난을 나 혼자 뒤집어쓰게 될 겁니다. 좋습니다. 각오는 되어 있으니까요. 어쨌든 앞으로 그 순간이 왔을 때, 범인 체포에 지장을 주지 않는 한도 내에서 최대한 정보를 알려 드리겠노라고 약속하겠습니다."

그렉슨과 레스트레이드는 이 약속, 또는 경찰의 수사력을 무시하는 이야기를 듣고 전혀 만족해하는 것 같지 않았다. 그렉슨은 머리카락 끝까지 빨개졌고 레스트레이드의 두 눈은 호기심과 분노로 번쩍거렸다. 그러나 누가 미처 입을 열기도 전에 문 두드리는 소리가 나더니 거리의 부랑아를 대표하는 위긴스가 더러운 얼굴을 내밀었다. 그가 경례를 붙이고 말했다.

"선생님, 아래층에 마부를 데려왔습니다."

"잘했다."

홈즈는 부드럽게 말했다.

"런던 경찰국에서도 이런 수갑을 쓰는 게 어떨까요?"

그러면서 책상 서랍에서 강철 수갑 하나를 끄집어냈다.

"이 용수철 장치가 얼마나 정교한지 보십시오. 이건 단번에 채워
지거든요."

"우리가 쓰고 있는 것도 아무 문제 없소."

레스트레이드가 말했다.

"수갑 채울 상대만 있다면 말이오."

"좋습니다, 좋아요."

홈즈는 빙글거리며 말했다.

"마부한테 짐 꾸리는 걸 도와달라고 해야겠군. 위긴스, 가서 마부
를 올려 보내라."

내 친구가 여행을 떠날 것처럼 말했으므로 나는 속으로 깜짝 놀
랐다. 여태까지 그는 그런 얘기를 한마디도 비치지 않았기 때문이
다. 방에는 작은 여행 가방이 있었는데 홈즈는 그것을 끌어내 묶기
시작했다. 마부가 방에 들어섰을 때 그는 열심히 가방을 꾸리고 있
었다.

"여보게 마부, 와서 고리 채우는 것 좀 도와주게."

무릎 꿇고 앉아 짐을 꾸리던 홈즈는 고개도 돌리지 않고 말했다.

마부는 어쩐지 언짢은 기색이었지만 그래도 짐 꾸리는 것을 거들
기 위해 홈즈 옆에 앉았다. 바로 그 순간, 날카로운 찰칵 소리가 들
리며 셜록 홈즈가 벌떡 일어섰다. 그가 눈을 빛내며 외쳤다.

"신사 여러분, 이노크 드리버와 조셉 스탠거슨을 살해한 제퍼슨

호프 씨를 여러분께 소개합니다."

　모든 일이 눈 깜짝할 새에 일어났다. 나는 그때의 일을 또렷이 기억한다. 홈즈의 득의에 찬 얼굴과 쩌렁쩌렁 울리는 목소리. 요술에라도 걸린 듯 자신의 손목에서 반짝거리는 수갑을 멍하니 바라보던 사나운 얼굴의 마부. 순간적으로 우리는 석고상처럼 굳어 있었던 것 같다. 그런데 마부가 갑자기 짐승처럼 울부짖으며 홈즈의 팔을 뿌리치고 창문으로 돌진했다. 창문 유리와 창틀이 와장창 소리를 내며 부서졌으나 마부가 창밖으로 몸을 날리기 전에 그렉슨, 레스트레이드, 홈즈가 사슴 사냥개의 무리처럼 달려들었다. 마부는 방 안으로 다시 끌려 들어왔고 무시무시한 격투가 시작되었다. 힘이 좋고 흉포한 그는 우리 넷을 뿌리치고 또 뿌리쳤다. 마부는 간질 발작을 일으키는 사람처럼 초인적인 힘을 발휘했다. 유리창에 그대로 돌진한 까닭에 그의 얼굴과 손은 갈가리 찢겼으나, 그에게 피를 흘리는 것쯤은 아무렇지도 않은 듯했다. 레스트레이드가 목덜미에 간신히 손을 집어넣고 반쯤 목을 졸랐을 때에야 그는 저항해도 소용이 없다는 걸 깨달은 것 같았다. 우리는 그의 발까지 결박한 다음에야 비로소 안심하고 숨을 몰아쉬며 일어섰다.

　"이 앞에 이자의 마차가 있습니다."

　셜록 홈즈는 말했다.

　"이자를 거기 태워서 경찰 본부로 호송하면 될 겁니다. 그러면 신사 여러분……"

　홈즈는 빙긋이 웃으며 말을 계속했다.

"우리는 이제 사건을 마무리 지었습니다. 이제부터는 제게 어떤 질문을 하셔도 좋습니다. 아무런 위험도 없으니 이제는 기꺼이 대답해 드리겠습니다."

제2부

성도들의 나라

A Study in Scarlet

드넓은 소금 평원에서

　북미 대륙의 거대한 땅덩이 중심부에는 아무것도 받아들이지 않
는 불모의 사막이 있다. 이곳은 오랫동안 문명의 전파를 막는 장벽
의 구실을 해왔다. 시에라네바다에서 네브래스카에 이르는, 그리고
북쪽의 옐로스톤 강에서 남쪽의 콜로라도에 이르는 이 지역은 적막
하기 짝이 없는 곳이다. 그러나 자연이 이 엄혹한 지대에서 항상 똑
같은 표정을 하고 있는 것은 아니어서 흰 눈을 머리에 인 높은 산맥
이 있는가 하면 어둡고 음산한 계곡이 있다. 험준한 협곡 사이를 굽
이쳐 흐르는 유속이 빠른 강도 있고, 겨울에는 흰 눈으로 덮이고 여
름에는 회색 소금 가루로 뒤덮이는 끝없는 평원도 있다. 그러나 그
어느 곳에건 황폐함, 가혹함, 그리고 고난이라는 공통점이 있다.

　이 절망의 땅에는 사람들이 살지 않는다. 포니족 인디언이나 '검
은발' 인디언이 다른 사냥터로 가기 위해 이따금씩 이곳을 횡단한

적은 있을 것이다. 그러나 아무리 굳세고 용감한 자라도 이 무시무시한 평원을 벗어나 다시 풀밭에 서게 되면 안도의 한숨을 내쉬곤 한다. 코요테는 관목 사이를 어슬렁거리고, 흰머리 독수리는 공중에서 무겁게 날갯짓을 한다. 회색 큰 곰은 어두운 산골짜기에서 뒤뚱거리고 걸어 다니며 먹을 것을 찾아서 바위 사이에 주둥이를 박는다. 이 불모의 땅에서 살아가는 것들은 이러한 짐승들뿐이다.

세계 어느 곳을 가더라도, 시에라 블랑코의 북쪽 사면에서 보는 풍경보다 음울한 것은 없을 것이다. 그곳은 인간의 눈길이 가 닿는 곳까지 무연한 벌판인데 난쟁이 덤불이 듬성듬성 바닥에 달라붙어 있을 뿐, 온통 소금 가루로 뒤덮여 있다. 지평선 끝에는 머리에 흰 눈을 뒤집어쓴 험준한 산봉우리가 길게 늘어서 있는 것이 보인다. 이 대평원에는 생명의 자취가 없다. 무정하게 새파란 하늘에는 새 한 마리 없고 음울한 회색 대지에선 아무 움직임도 느껴지지 않는다. 하늘과 땅 사이에 끝없는 고요만이 있을 뿐. 누가 귀 기울여본다 한들, 끝없는 황야에선 소리는커녕 그 비슷한 것도 들리지 않을 것이다. 적막강산, 가슴을 옥죄는 고요.

앞에서 대평원에는 생명의 자취가 없다고 했다. 그러나 그것은 사실이 아닐지도 모른다. 시에라 블랑코에서 아래를 내려다보면, 사막을 횡단하는 한 줄기 길이 보인다. 그것은 구불거리며 아득히 먼 곳으로 사라져간다. 그 길에는 마차 바퀴자국과 수많은 모험가들의 발자국으로 다져진 자국이 있다. 여기저기 햇볕에 희게 빛나는 물체가 흩어져 있다. 그것은 회색 소금 덩어리를 배경으로 유난히 돋

보인다. 가까이 가서 살펴보자! 그것은 뼈다귀들이다. 어떤 것은 크고 구멍이 숭숭 뚫려 있지만 어떤 것은 작고 오밀조밀하게 생겼다. 큰 것은 소뼈이고 작은 것은 사람 뼈다. 이러한 유골들은 대상로(隊商路)를 따라 2400킬로미터에 걸쳐 흩어져 있다. 무시무시한 길이다.

1847년, 5월 4일, 바로 이러한 광경을 내려다보고 서 있는 외로운 여행자가 있었다. 그의 모습은 이곳의 수호신 아니면 악마로 보일 정도였다. 겉모습만으로는 그의 나이가 마흔인지 예순인지 어림하는 것이 어려웠다. 바짝 마른 얼굴은 초췌해 보였고, 누런 양피지 같은 피부는 불거진 뼈들을 단단히 감싸고 있었다. 더부룩한 갈색 머리칼과 수염에는 허옇게 서리가 내려앉아 있었다. 퀭한 눈은 병적인 광채를 띠었고, 소총을 움켜쥐고 있는 손은 살점이라곤 전혀 없이 온통 뼈와 가죽뿐이었다. 그는 소총에 몸을 기대고 있긴 했지만, 키가 훌쩍 크고 뼈마디가 굵은 것으로 보아 원래 체격이 좋다는 것을 짐작할 수 있었다. 그러나 수척한 얼굴과 여윈 팔다리를 내리덮은 자루처럼 헐렁한 옷이 노쇠한 인상을 주었다. 사내는 굶주림과 갈증으로 인하여 죽어가고 있었다.

사내는 물이 있을지도 모른다는 헛된 희망 속에 힘겹게 골짜기를 내려갔다가 다시 이 작은 언덕 위로 올라온 길이었다. 눈앞에는 소금 평원이 끝없이 펼쳐져 있었고, 지평선 끝에는 풀 한 포기, 나무 한 그루 보이지 않는 지독하게 건조한 산맥이 띠처럼 이어져 있었다. 드넓은 풍경 어디에도 희망의 빛은 없었다. 그는 북쪽, 동쪽, 서쪽을 열띤 눈으로 바라보다가, 자신의 방황이 이 험준한 바위산에서 종말을 맞게 될 것임을 이내 깨달았다.

"왜 20년 뒤, 따뜻한 이불 속에서가 아니라 하필이면 지금 여기에서난 말이다."

그는 이렇게 중얼거리며 바위가 병풍처럼 둘러친 곳에 털썩 주저앉았다.

사내는 바닥에 앉기 전에, 쓸모없는 소총과 오른쪽 어깨에 둘러메고 있던 회색 숄로 감싼 커다란 꾸러미를 바닥에 내려놓았다. 그 꾸러미의 무게가 힘에 부쳤던 듯, 그것을 내려놓을 때 쿵 소리가 났다. 곧 회색 꾸러미 속에서 칭얼거리는 소리가 나더니, 겁에 질린 자그마한 얼굴이 고개를 내밀고 땟국이 흐르는 오목한 주먹을 들어올렸다.

"아저씨 때문에 아야 했어!"

밝은 갈색 눈동자의 아이가 따지듯이 말했다.

"그랬니?"

사내는 미안하다는 듯이 대답했다.

"일부러 그런 건 아니었단다."

사내는 말하면서 회색 숄을 풀어서 다섯 살쯤 돼 보이는 예쁘장한 꼬마 숙녀를 꺼내주었다. 아이의 앙증맞은 신발하며 깜찍한 앞치마가 달린 분홍색 원피스가 엄마의 지극한 보살핌을 드러내고 있었다. 아이는 해쓱해 보였지만 통통한 팔다리가 사내에 비해 고생을 훨씬 덜 했다는 사실을 보여주고 있었다.

"지금은 어떠니?"

곱슬곱슬한 금발 머리의 아이가 여전히 뒤통수를 비벼대는 걸 보고 사내는 불안스럽게 물었다.

"호 해줘."

아이는 아픈 부분을 내밀면서 종알거렸다.

"엄마는 그렇게 해줬어. 그런데 우리 엄마는 어디 있어?"

"엄마는 가셨단다. 하지만 머지않아 만나게 될 게다."

"칫, 엄마가 갔다구?"

아이가 말했다.

"아니야. 엄마는 빠이빠이도 하지 않았어. 엄마는 이모네 차 마시러 갈 때도 항상 빠이빠이를 했는걸. 그런데 엄마는 사흘이나 옆에 없었어. 어휴, 그런데 너무 목말라, 아저씨. 마실 물이나 먹을 것 없어?"

"그래, 아무것도 없단다, 아가야. 조금만 참으렴. 그러면 괜찮아질 거다. 아저씨한테 이렇게 머리를 기대면 기분이 훨씬 좋을 거야. 입술이 가죽처럼 바짝 말랐을 때는 말하기가 힘들단다. 하지만 일이 어떻게 된 건지 아저씨가 다 설명해 줄게. 그런데 네 손에 쥐고 있는 게 뭐니?"

"예쁜 거! 좋은 거!"

아이는 반짝거리는 운모석 조각 두 개를 들어 보이며 신이 나서 소리쳤다.

"집에 가면 동생한테 줄 거야."

"이제 곧 그보다 훨씬 예쁜 것들을 보게 될 거다."

사내는 자신 있게 말했다.

"조금만 기다리려무나. 사실 아저씨는 벌써 말해 주려고 했단다. 너, 우리가 강을 만났던 거 기억하니?"

"응."

"그래, 우린 그런 강이 금세 다시 나타날 거라고 생각했단다. 하지만 그건 틀린 생각이었지. 틀린 게 뭐였는지, 나침반인지, 지도인지, 아니면 다른 어떤 것이었는지는 잘 모르겠지만 강은 다시 나타나지 않았어. 물이 떨어졌단다. 너 같은 아이들한테 주려고 남겨놓은 몇 방울 빼고 말이다. 그래서……, 그래서……."

"그래서 아저씨는 세수를 못 한 거구나."

아이는 사내의 땟국에 전 얼굴을 올려다보며 종알거렸다.

"그래. 먹을 물도 없었는걸. 그래서 벤더 씨가 제일 먼저 가셨단다. 그다음에는 인디언 피트, 그다음에는 맥그리거 부인, 그다음에 조니 혼스, 그다음에는 아가, 네 엄마였어."

"그러면 엄마도 죽었구나."

아이는 앞치마에 얼굴을 묻으며 슬프게 흐느꼈다.

"그래, 너하고 나만 빼고 모두 떠났지. 그 뒤에 나는 이쪽으로 오면 물이 있을지도 모른다고 생각하고 너를 어깨에 들쳐메고 여기까지 온 거란다. 그렇지만 상황은 별로 나아진 것 같지가 않아. 지금 우리한테는 희망이 아주아주 적어!"

"그럼 우리도 죽는 거야?"

아이는 울음을 멈추고 눈물이 그렁그렁한 눈으로 물었다.

"그럴 가능성이 높지."

"아저씨는 왜 그 얘기를 이제 하는 거야?"

아이는 안심한 듯 웃으며 말했다.

"아저씨 때문에 깜짝 놀랐잖아. 우린 죽으면 엄마를 곧 만나게 될 거야."

"그럼, 그렇고말고."

"아저씨도 말이야. 아저씨가 나한테 얼마나 잘해 줬는지 엄마한 테 얘기해 줄 거야. 엄마는 천국의 문 앞에서 손에 커다란 물 주전 자를 들고 기다리고 계실 거야. 메밀 케이크도 잔뜩 가지고 말이야. 동생이랑 나는 뜨거운 메밀 케이크를 좋아하거든. 그런데 얼마나 기다려야 해?"

"모르겠구나. 아마 멀지는 않을 게다."

사내는 북쪽 지평선을 지그시 응시했다. 푸른 하늘에 세 개의 작 은 점이 나타났다. 그것은 빠른 속도로 커지더니 갈색의 거대한 새 가 되었다. 세 마리의 새들은 두 방랑자의 머리 위를 선회하다가 이 들의 머리 위로 돌출한 바위에 내려앉았다. 이 새들은 서부의 대머 리수리였다. 대머리수리는 죽음을 예고했다.

"닭이다."

아이는 흉측한 새들을 가리키며 좋아 어쩔 줄 몰랐다. 아이는 새 들을 날리기 위해 손뼉을 쳤다.

"아저씨, 여기도 하느님이 만드셨어?"

"물론 그렇지."

사내는 예상치 못한 질문을 받고 당황해했다.

"하느님은 일리노이도 만들고, 미주리도 만드셨어."

아이는 말을 계속했다.

"하지만 난 여기는 딴 분이 만들었을 것 같아. 여기는 빠진 게 너무 많잖아. 물도 없고 나무도 없어."

"우리 기도 드려볼까?"

사내는 자신 없는 말투로 물었다.

"지금은 밤이 아니잖아."

아이가 대답했다.

"그건 아무래도 상관없어. 지금은 특별한 상황이니까. 하느님은 그런 것에 신경 쓰시지 않을 거야. 네가 매일 밤 마차 속에서 드렸던 기도를 해보려무나."

"아저씨가 하면 안 돼?"

아이는 눈을 동그랗게 뜨고 물었다.

"난 기억이 안 나서 그래."

사내는 대답했다.

"내 키가 이 총의 반만 할 때부터 나는 기도 드리는 걸 그만뒀거든. 하지만 아직 늦지는 않은 것 같구나. 네가 큰 소리로 기도하면 아저씨가 잘 듣고 따라서 할게."

"그러면 우리는 무릎 꿇고 앉아야 돼."

아이는 숄을 펴며 말했다.

"이렇게 앉아서 두 손을 모으는 거야. 그러면 기분이 좋아져."

옆에서 구경하는 것은 대머리수리뿐이었지만 그것은 참으로 이상한 광경이었다. 조잘거리는 어린아이와 두려움을 모르는 굳센 사내가 나란히 작은 숄 위에 무릎 꿇고 앉았다. 포동포동한 얼굴과 각지고 수척한 얼굴은, 자신들을 내려다보고 있는 저 두려운 존재에 대한 간절한 염원을 안고 구름 한 점 없는 하늘을 올려다보았다. 가늘고 맑은 목소리와 굵고 거친 목소리는 사뭇 다르게 들렸지만 신의 자비와 용서를 구하는 기도는 한결같았다. 기도를 끝낸 뒤, 두 사람은 다시 바위 그늘에 앉았다. 아이는 보호자의 널따란 가슴에 머리를 기댄 채 스르르 잠이 들었다.

사내는 잠시 동안 자는 아이의 주위를 경계했지만 자연의 순리를 거스르는 것은 불가능했다. 그는 사흘째 수면과 휴식을 거부하고 있었다. 서서히 피로한 눈동자 위로 눈꺼풀이 내리덮이더니 머리가 점점 수그러졌다. 사내의 희끗희끗한 수염이 아이의 금빛 머리 타래와 뒤섞였고, 두 사람 다 꿈도 없는 깊은 잠에 빠져들었다.

　방랑자가 30분만 더 깨어 있었어도 이상한 장면을 목격할 수 있었을 것이다. 소금 평원 저 멀리서 작은 먼지구름이 피어올랐다. 처음에 그것은 지평선 위의 안개와 구별하기 어려울 정도로 희미해 보였으나, 점점 높아지고 넓어지면서 아주 선명해졌다. 먼지구름이 점점 커지면서, 그것이 수많은 인마의 움직임에 의해 생겨나고 있다는 것이 분명해졌다. 좀 더 비옥한 땅이었다면 풀을 뜯는 들소의 무리가 다가오고 있다고 생각했을 것이다. 그러나 이렇게 건조한 황야에서 그것은 있을 수 없는 일이었다. 두 사람이 잠들어 있는 절벽을 향해 먼지구름이 다가오는 동안, 포장마차와 무장한 기수 들이 그 속에서 모습을 드러내기 시작했다. 그것은 서부를 향해 이동하는 거대한 이주민의 대열이었다. 대열은 끝이 없었다! 선두가 산기슭에 도착했을 때도 후미는 아직 지평선 위에 나타나지도 않았다. 포장마차와 이륜마차, 말 탄 사람들과 걷는 사람들이 끝없이 평원을 가로질러 왔다. 무거운 짐을 진 수많은 여자들과 포장마차를 따라 타박타박 걷는 아이들, 또는 포장마차의 하얀 천막 아래로 빠끔히 밖을 내다보는 아이들. 이것은 예사 이주민의 대열이 아니었다. 이들은 억압적인 환경에서 탈출하여 새로운 나라를 건설하고자 하는 유랑민이었다. 청명한 대기 속으로 이 거대한 인간 집단이 떠드는 소리, 마차의 삐걱거림, 말 울음소리가 울려 퍼졌다. 그 소리는 사뭇 컸지만 절벽 꼭대기의 지친 두 나그네를 깨우기에는 역부족이었다.

대열의 선두에는 굳은 표정을 한 사내들 20여 명이 수수한 수직
옷을 입고 소총을 든 채 말을 타고 가고 있었다. 벼랑 아래 도착하
자 이들은 말을 세우고 짧은 회의를 했다.

"샘은 오른쪽에 있소, 형제들."

머리가 희끗희끗하고 깨끗이 면도한 얼굴에 입매가 날카로운 사
내가 말했다.

"시에라 블랑코의 오른쪽이오. 이 길로 가다 보면 우리는 리오 그
란데에 도착하게 될 거요."

또 다른 사내가 말했다.

"물 때문이라면 걱정 마시오."

또 다른 사내가 외쳤다.

"바위틈에서 물을 뽑아내시는 분께서 당신께서 선택한 사람들을
버리실 리 없소."

"아멘! 아멘!"

회중은 일제히 외쳤다.

선두가 다시 전진하려고 했을 때, 그중에서도 가장 어리고 눈이
날카로운 젊은이가 소리를 지르며 절벽 위쪽을 가리켰다. 절벽 위
에서 분홍색 옷자락이 펄럭거리고 있었는데, 그것은 뒤편의 회색
바위를 배경으로 환하고 뚜렷하게 보였다. 그것을 보자 선두의 기
수들은 일제히 말고삐를 잡아당기며 총을 내렸고, 젊은 기수들은
선두를 보호하기 위해 말에 채찍질을 하여 달려왔다. "인디언이다."

라는 말이 입에서 입으로 퍼져갔다.

"여기에 인디언 같은 게 있을 리가 없다."

지휘자처럼 보이는 초로의 사내가 말했다.

"우리는 막 포니족을 지나왔다. 그리고 저 큰 산을 넘을 때까지 다른 부족은 없다."

"스탠거슨 형제, 제가 가서 보고 올까요?"

무리 중의 하나가 물었다.

"저도요."

"저도요."

열댓 명이 소리쳤다.

"말에서 내려 걸어 올라가도록 해라. 우린 여기서 기다리겠다."

초로의 사내가 말했다. 순식간에 청년들은 말에서 내린 다음 말을 묶어놓고, 호기심을 자극하는 물체가 있는 곳을 향해 가파른 절벽을 올라갔다. 청년들은 노련한 척후답게 자신감 넘치는 모습으로 재빨리, 소리 내지 않고 절벽을 기어올랐다. 밑에서 쳐다보는 사람들은 이들이 바위에서 바위로 휙휙 몸을 날리다가 마침내 절벽 위로 올라서는 모습을 볼 수 있었다. 맨 먼저 절벽에 올라선 사람은 분홍색 옷자락을 처음 발견한 바로 그 청년이었다. 그는 깜짝 놀란 듯 두 팔을 들어 올렸고, 뒤따라 올라간 청년들도 눈앞에 펼쳐진 광경을 보고 똑같이 놀라는 듯했다.

험준한 절벽 위에는 병풍처럼 일어선 바위가 하나 있었고, 수염이 더부룩한 키 큰 사내가 그 바위에 몸을 기대고 앉아 있었다. 그는 단단하게 생겼지만 무척이나 말라 있었다. 평온한 얼굴과 고른 숨소리를 보면 깊이 잠들어 있는 것이 분명했다. 그 옆에선 아이 하나가 사내의 가슴에 금발 머리를 기대고, 통통한 흰 팔로 힘줄이 불거진 갈색 목을 끌어안은 채 잠들어 있었다. 아이의 장밋빛 입술이 살짝 벌어져, 그 속으로 눈처럼 희고 고른 치아가 들여다보였다. 아이는 천진난만한 미소를 머금고 있었다. 그리고 통통한 다리에 흰 양말을 신고 반짝거리는 버클이 달린 앙증맞은 신발을 신고 있었는데, 그것은 사내의 길고 바짝 마른 다리와 기묘한 대조를 이루었다. 이 이상한 동행의 머리 위로 돌출한 바위에는 대머리수리 세 마리가 엄숙하게 앉아 있다가 낯선 사람들을 보고 실망한 듯 목쉰 울음을 토해 내며 천천히 날아갔다.

불쾌한 새의 울음소리에 잠이 깬 두 사람은 어리둥절한 얼굴로 주위를 두리번거렸다. 사내는 비틀거리며 일어나 아래쪽을 내려다보았다. 아까 잠들기 전까지만 해도 황량했던 평원에 이제는 무수한 사람과 짐승의 행렬이 길게 늘어서 있었다. 그의 얼굴에 못 믿겠다는 표정이 떠올랐다. 그는 뼈만 남은 손으로 눈을 비볐다.

"이게 바로 환상이라고 하는 건가."

사내는 중얼거렸다. 아이는 말없이 그의 옷자락을 꼭 붙든 채 옆에 붙어 서서, 아이다운 호기심이 가득한 눈길로 사방을 둘러보았다.

구조대는 두 조난자에게 이 상황이 꿈이 아니라는 사실을 재빨리 확인시켜 줄 수 있었다. 한 사람은 아이를 번쩍 들어 올려 어깨에 들쳐메고, 다른 두 사람은 수척한 사내를 부축해서 밑으로 내려가기 시작했다.

"나는 존 페리어라고 하오."

방랑자가 설명했다.

"스물한 명의 일행 중에서 나하고 저 꼬맹이만 살아남았소. 나머지는 저 남쪽에서 갈증과 굶주림으로 죽었지요."

"이 애가 당신 딸이오?"

누군가 물었다.

"지금부터는 그렇소."

존 페리어는 대들 듯이 소리쳤다.

"내 손으로 목숨을 구했으니 저 애는 내 아이요. 아무도 저 애를 내게서 빼앗아 갈 수 없소이다. 오늘부터 저 애는 루시 페리어요. 그런데 당신들은 누구시오?"

그는 호기심 어린 눈길로 햇볕에 그을린 건장한 구조자들을 바라보았다.

"숫자가 아주 많은 것 같구려."

"거의 1만 명가량 되지요."

한 청년이 대답했다.

"우리는 핍박당하는 신의 자녀들이오. 우리는 모로니 천사에게 선택받았소."

"그 이름은 처음 들어봤소."

방랑자는 말했다.

"그런데 그분은 엄청나게 많은 사람들을 선택한 모양이오."

"성스러운 이름을 우스개로 삼지 마시오."

옆에 있던 청년이 엄격하게 말했다.

"우리는 금판에 새겨진 성스러운 경전을 신봉하는 사람들이오. 성 조셉 스미스는 팔미라에서 그 경전을 손에 넣었소. 우리는 일리노이 주의 노부에서 오는 길이오. 우리는 그곳에 우리의 사원을 세웠댔소. 지금은 사막 한가운데로 가게 될지라도 폭력적이고 신앙이 없는 자들과의 충돌을 피하기 위해 떠나온 거요."

존 페리어는 노부라는 이름을 듣고 뭔가를 기억해 낸 것이 틀림없었다. 그가 말했다.

"알겠소이다, 당신들은 모르몬교도군요."

"우리는 모르몬교도요."

청년들은 이구동성으로 대답했다.

"그런데 당신들은 지금 어디로 가는 길이오?"

"모르오. 신께서는 선지자를 통해 우리를 이끌고 계시오. 우리는 당신을 선지자께 데려가야 하오. 그분이 어떻게 할 것인지 결정할 거요."

일행은 이제 산 밑으로 내려갔고, 수많은 순례자들이 이들을 둘러쌌다. 창백한 얼굴에 유순해 보이는 여자들하며, 깔깔거리는 튼튼한 아이들, 성실하나 근심스러운 눈매의 남자들. 사람들은 아이가 그렇게 어리고, 어른은 또한 그다지도 여윈 것을 보고 놀람과 탄식을 금치 못했다.

그러나 구조자들은 걸음을 멈추지 않았다. 이들은 수많은 교도들을 뒤에 거느린 채, 유난히 크고 화려한 마차 앞으로 두 사람을 데리고 갔다. 다른 마차는 말 두 필, 또는 기껏해야 네 필의 말이 끌고 있는 것과 달리 이 마차는 여섯 필의 말이 끌고 있었다. 마부 옆에 앉아 있는 남자는 많아야 서른 안쪽으로 보였지만 큰 머리와 단호한 표정이 지도자라는 인상을 심어주기에 족했다. 갈색 표지의 책을 읽고 있던 그는 사람들이 몰려오자 책을 내려놓고, 사람들의 이야기에 귀 기울였다. 그리고 두 조난자를 바라보았다. 그가 엄숙하게 말했다.

"우리와 함께 가려면, 우리와 같은 신앙을 가져야 한다. 우리는 교도들의 대열에 이리 떼를 풀어놓을 순 없다. 작은 반점 하나가 과일 전체를 다 썩혀버릴 수도 있는 법. 그렇게 되느니 차라리 이 사막에 그대들의 뼈를 묻는 것이 나으리라. 그대들은 개종하고 우리와 동행하겠느냐?"

"저는 어떤 조건에라도 응하겠습니다."

페리어가 다급하게 말하자 근엄한 장로들은 미소를 금치 못했다. 그러나 지도자만은 엄격한 표정을 흐트러뜨리지 않았다.

"스탠거슨 형제, 이 사람을 데려가라."

지도자는 말했다.

"이 두 사람에게 음식과 물을 줘라. 그리고 앞으로 이 사람에게 우리의 경전을 가르치도록 해라. 자, 우린 너무 오래 지체했다. 전진! 천국을 향하여!"

"천국을 향하여!"

교도들이 따라 외쳤고, 그 말은 입에서 입으로 물결처럼 퍼졌다. 대열의 아득한 끄트머리에서 그 소리는 알아듣기 힘든 웅얼거림이 되어 사라졌다. 채찍 소리, 삐걱거리는 바퀴 소리와 함께 육중한 포장마차들이 움직이며, 대열 전체가 다시 느릿느릿 움직이기 시작했다. 조난자를 책임진 장로는 두 사람을 자신의 마차로 데려갔다. 마차 안에는 이미 음식이 준비되어 있었다.

"이 마차를 타시오."

스탠거슨 장로는 말했다.

"며칠 지나면 피로가 풀릴 거요. 그리고 이제부터 당신은 영원히 우리와 같은 교도라는 걸 명심하시오. 브리검 영(1844년 기독교인들의 종교 폭동으로 조셉 스미스가 살해되자 그 뒤를 계승하여 일단의 모르몬교도를 이끌고 서부로 대이동을 감행, 1847년에 현재 모르몬교의 총본 산인 솔트레이크시티를 건설한 사람 ── 옮긴이)께서 말씀하셨으니 그 것은 조셉 스미스의 말씀이고, 또한 신의 말씀이오."

유타의 꽃

이 책은 이주한 모르몬교도들이 안식처를 찾기 전까지 견뎌야 했던 시련과 궁핍을 기념하기 위한 것이 아니다. 미시시피 연안에서 로키 산맥의 서쪽 사면에 이르기까지, 이들은 역사적으로 유례없는 불굴의 인내심으로 버텨냈다. 사나운 부족, 사나운 짐승, 굶주림, 갈증, 피로, 질병 등, 온갖 장애물이 출현할 때마다 이들은 앵글로 색슨 특유의 끈기로 버텼다. 그러나 긴 여행과 누적된 공포로 인해 가장 대담한 자들의 마음마저 흔들렸다. 유타의 질펀한 골짜기 위로 햇볕이 내리쬘 때, 지도자가 나서서 바로 이곳이 약속된 땅이니 이 처녀지는 영원히 우리 것이라고 말했을 때, 털썩 무릎 꿇고 앉아 뜨거운 기도를 올리지 않은 사람은 아무도 없었다.

영은 과단성 있는 지도자일 뿐 아니라 능숙한 행정가이기도 했다. 그의 명령에 따라 지도와 수로도(水路圖)가 그려졌고 이것을 근거로 도시 계획이 이루어졌다. 사방의 농장은 각 개인의 지위에 따라 분배되었다. 장사꾼은 장사를 하게 되었고 장인은 자신의 천분에 맞는 일을 시작했다. 요술을 부린 것처럼 마을에 거리와 광장이 생겨났다. 사람들은 농장에 배수 시설을 하고 울타리를 세우고 씨를 뿌렸다. 다음 해 여름이 되자 들판 전체가 황금빛 밀 이삭으로 물결쳤다. 새로운 땅에서는 무슨 일이든 술술 풀렸다. 무엇보다 이들이 도시 한가운데 세운 큰 교회는 점점 높아지고 커졌다. 이주민들이 숱한 위험 속에서도 자신들을 무사히 이끌어주신 그분께 바치는 기념물에서는 동틀 녘부터 어두워질 때까지, 망치질 소리와 톱질 소리가 그치지 않았다.

존 페리어와 그의 양녀가 된 아이는 모르몬교도들과 끝까지 동행했다. 스탠거슨 장로는 어린 루시 페리어를 세 아내와 열두 살짜리 고집쟁이 아들이 함께 쓰는 마차로 기꺼이 받아들였다. 아이답게 엄마의 죽음이라는 충격에서 금방 벗어난 루시는 곧 여자들의 귀염둥이가 되었고 움직이는 포장마차 집에서의 생활에 잘 적응했다. 한편 기력을 회복한 페리어는 유능한 안내인이자 지칠 줄 모르는 사냥꾼으로 두각을 나타냈다. 그는 금세 새로운 동료들의 인정을 받았고 방랑이 끝났을 때는 지도자 영을 비롯한 네 장로 스탠거슨, 켐볼, 존스턴, 드리버를 제외하고, 다른 정착민과 똑같은 자격으로 토지를 분배받았다.

이렇게 얻은 농장 위에 존 페리어는 쓸 만한 통나무집을 지었고, 해마다 증축을 되풀이하여 종내는 커다란 저택을 만들었다. 그는 현실적인 사람이었고 행동거지가 민첩하고 손재주가 좋았다. 그리고 무쇠 같은 체력을 가진 덕분에 아침부터 저녁까지 토지를 개간하는 일에 매달릴 수 있었다. 그리하여 농장을 비롯해서 그에게 속한 모든 것이 급속히 성장했다. 3년이 지나자 그는 이웃들보다 형편이 나아졌고, 6년 뒤에는 유복해졌으며, 9년 뒤에는 부자가 되었고, 12년이 지나자 솔트레이크시티를 통틀어 대여섯 손가락 안에 꼽히는 인물이 되었다.

동료 교인들이 존 페리어에 대해 못마땅해하는 점은 단 한 가지였다. 무슨 말을 해도 그는 다른 교인들이 하는 대로 여자를 얻어 가정을 꾸리려 하지 않았다. 그는 결혼하지 않는 이유에 대해 구구절절 설명한 적이 없었다. 그저 고집불통으로 자신의 결심을 밀고 나갈 뿐이었다. 개중에는 그가 새로 받아들인 종교에 대해 미적지근한 태도를 취한다고 비난하는 이들이 있었다. 또 어떤 이들은 그가 재산 욕심이 많아서 돈 드는 일은 하지 않으려는 거라고 숙덕거리기도 했다. 또 그의 소싯적의 사랑 얘기를 꺼내는 이들도 있었다. 어느 금발의 여인이 동부 연안 어딘가에서 그를 애타게 기다리고 있다는 거였다. 이유야 어찌 됐건, 페리어는 철저하게 독신을 고수했다. 다른 모든 점에서 그는 독실한 모르몬 신자였다. 그에게는 보수적인 정통파 교도라는 별칭이 따라다녔다.

루시 페리어는 그 통나무집에서 자랐고, 양아버지의 일을 열심히 도왔다. 서늘한 산 공기와 짙은 소나무 향기가 서린 그곳은 어린 소녀에게 유모이자 엄마 대신이었다. 세월이 흐르면서 아이는 점점 더 크고 튼튼해졌다. 아이의 두 뺨은 능금 빛으로 익어갔고 걸음걸이는 더욱 가벼워졌다. 페리어의 농장 곁으로 난 신작로를 걸어가는 나그네들은 날씬한 소녀가 밀밭을 뛰어다니는 걸 보고, 또는 소녀가 아버지의 반야생마에 올라타고 진짜배기 서부 아이답게 날렵한 솜씨로 말을 모는 걸 보고 오랫동안 잊고 지내던 시절의 일들이 마음속에 되살아나는 걸 느꼈다. 이렇게 꽃봉오리는 꽃으로 만개했다. 세월은 루시의 아버지를 인근에서 둘째가라면 서러워할 부자로 만들어놓았고, 더불어 루시를 서부 전체에서 으뜸가는 아리따운 미국 소녀로 키워놓았던 것이다.

그러나 아이가 여자가 되었다는 걸 맨 처음 발견하는 사람은 아버지가 아니다. 그런 일은 좀체 없다. 신비스러운 변화는 너무도 미묘하고 느려서 날짜로 계산하는 것은 쉽지 않다. 소녀 자신도, 누군가의 목소리나 손길에서 전율이 느껴질 때야 비로소 자랑스러움과 두려움이 뒤섞인 심정으로 자신의 내부에 어떤 새로운 본능이 깨어나고 있다는 걸 알게 되는 것이다. 새로운 삶이 시작됐다는 걸 일깨워준 어느 하루, 혹은 한 사건을 기억하지 못하는 사람은 없으리라. 루시 페리어의 경우에 그것이 자신이나 다른 여러 사람들에게 미친 영향은 차치하고라도 그 자체로 심각한 사건이었다.

따뜻한 6월 아침. 성도들은 자신들이 상징으로 삼았던 벌통의 꿀벌처럼 바쁘기 이를 데 없었다. 들판과 거리마다 일하는 소리가 울려 퍼졌다. 먼지 나는 신작로에는 짐을 잔뜩 실은 노새의 대열이 끝없이 이어지고 있었다. 그것은 모두 서부로 가는 대열이었다. 캘리

포니아에 금광 바람이 불면서 선민(選民)들의 도시를 지나는 길로 사람들이 몰려든 것이다. 또한 외진 목초지에서 오는 양 떼와 황소 떼, 끝없는 여행에 말이건 사람이건 지칠 대로 지친 이주민의 대열도 있었다. 이 잡다한 무리를 뚫고 루시 페리어는 능숙한 솜씨로 말을 몰았다. 격렬한 운동을 한 탓에 소녀의 하얀 얼굴은 발갛게 상기되었고 긴 밤색 머릿칼은 바람에 흩날렸다. 소녀는 시내에서 아버지의 지시를 받은 뒤 항상 해오던 대로 젊은이답게 겁 없이 말을 달리고 있었다. 루시의 머릿속에는 온통 앞으로 해야 할 일에 대한 생각뿐이었다. 여행에 지친 나그네들은 놀란 눈으로 소녀를 응시했고, 감정을 드러내지 않는 가죽옷 차림의 인디언조차, 평소의 금욕적 태도를 버리고 백인 소녀의 아름다움에 감탄했다.

도시의 변두리에 다다른 소녀는 엄청난 소 떼가 도로를 막고 있는 것을 보았다. 소 떼를 몰고 있는 것은 평원에서 온 거칠어 보이는 목동 대여섯이었다. 소녀는 참지 못하고 소들 사이로 말을 몰아넣어 얼른 이 장애물을 지나가려고 했다. 그러나 빈틈으로 말을 몰아넣었는가 했는데 소녀는 어느새 부리부리한 눈에 긴 뿔이 달린 황소들의 무리로 완전히 둘러싸여 있었다. 소녀는 가축 다루는 일에 익숙했기 때문에 소 때문에 놀라지는 않았으나, 소들의 끝없는 행렬을 뚫고 나가기 위해 틈이 보일 때마다 말을 재촉했다. 그러나 우연인지 어쩐지는 모르지만 황소 하나가 긴 뿔로 말의 옆구리를 들이받았다. 그러자 말은 미친 듯 흥분해서 맹렬하게 코를 불며 뒷발로 일어서서 몸을 좌우로 흔들었다. 웬만큼 노련한 기수가 아니

라면 누구든 말에서 떨어지고야 말 상황이었다. 위기일발의 순간
이었다. 흥분한 말이 뛰어오를 때마다 황소들은 다시 뿔로 받았고,
이 때문에 말은 더욱 미쳐 날뛰었다. 소녀가 할 수 있는 일은 안장
에 꼭 매달려 있는 것뿐이었다. 자칫 말에서 떨어지기라도 하는 날
에는 겁에 질린 육중한 짐승의 발굽 아래 밟혀 죽을 판이었다. 갑작
스러운 위기 상황에서 당황한 소녀는 머리가 어질어질하고 고삐를
쥔 손에서 힘이 빠져나가는 것을 느꼈다. 서로 다투는 짐승들이 뿜
어내는 입김과 자욱한 먼지구름에 숨이 막혀 소녀가 어쩔 줄 모르
고 고삐를 놓으려는 찰나, 바로 옆에서 듬직한 남자 목소리가 들렸
다. 그리고 힘줄이 두드러진 갈색 손이 겁에 질린 말의 재갈을 붙드
는가 싶더니, 금세 말을 소 떼 밖으로 끌고 나갔다.

"아가씨, 다친 데는 없으십니까."

소녀를 구해 낸 청년이 정중하게 물었다.

소녀는 눈을 들어 청년의 시커멓게 그을린 얼굴을 바라보고 깔깔거리며 웃었다.

"난 정말 놀랐어요."

소녀는 천진난만하게 말했다.

"폰초가 소 떼를 보고 놀랄 줄 어떻게 알았겠어요?"

"안장에서 떨어지지 않은 게 천만다행입니다."

청년은 진심으로 말했다. 그는 키는 훌쩍 큰 데다 매섭게 생겼고 힘센 얼룩말을 타고 있었다. 그리고 거친 사냥꾼 옷에 긴 소총을 어깨에 메고 있었다.

"혹시 존 페리어 씨의 따님 아니십니까?"

청년은 말했다.

"아까 페리어 씨의 집에서 말을 타고 나오시는 것을 보았지요. 아버님을 뵈면 세인트루이스의 제퍼슨 호프 씨를 기억하고 계신지 물어봐주십시오. 아버님께서 제가 알고 있는 그 페리어 씨가 맞는다면 아가씨의 아버님과 우리 아버님은 아주 친한 사이였습니다."

"직접 와서 물어보지 그래요?"

루시 페리어는 새침하게 물었다.

젊은이는 내심 그 말이 반가운 듯, 검은 눈에 기쁜 빛이 가득했다.

"그러지요. 우린 두 달 동안 산속에 있었습니다. 그래서 남의 집을 방문할 만한 몰골은 아닙니다. 아버님은 우릴 보시면 이해해 주셔야 합니다."

"우리 아버지는 당신한테 감사해야 할 충분한 이유가 있어요. 그건 나도 마찬가지고요."

루시는 대답했다.

"아버지는 나를 굉장히 사랑하세요. 만약 그 소 떼가 날 밟고 지나갔다면 아버지는 평생 충격에서 헤어나지 못하실 거예요."

"그건 저도 마찬가지일 겁니다."

청년이 말했다.

"당신이! 글쎄요, 하지만 당신한테는 상관없는 일이었을 텐데요. 당신은 아직 내 친구도 아니잖아요."

이 말을 듣고 젊은 사냥꾼의 구릿빛 얼굴은 어두워졌고 루시 페리어는 그것을 보고 큰 소리로 웃음을 터뜨렸다.

"이봐요, 그건 농담이었어요."

루시는 말했다.

"당신은 이제 내 친구가 된걸요. 우리 집에 꼭 와야 해요. 나는 얼른 가봐야겠어요. 안 그러면 아버지는 더 이상 나를 믿고 일을 맡기지 않으실 테니까요. 그럼 안녕!"

"안녕."

청년은 챙이 넓은 밀짚모자를 벗고 고개를 숙여 소녀의 작은 손에 입술을 가져다 댔다. 소녀는 말 머리를 돌린 다음 말을 채찍질하여 넓은 신작로를 쏜살같이 달려갔다. 그 뒤로 한 줄기 먼지구름이 피어올랐다.

젊은 제퍼슨 호프는 과묵한 동료들과 함께 계속 말을 달렸다. 이들 일행은 은광을 찾아서 네바다 산맥을 돌아다니다가 자신들이 발견한 광맥을 개발하는 데 필요한 자본을 끌어모으기 위해 솔트레이크시티로 돌아오는 중이었다. 조금 전의 돌발 사태가 그의 관심을 전혀 다른 방향으로 돌려놓기 전까지만 해도 그는 다른 동료들과 마찬가지로 광산업에만 열중하고 있었다. 그러나 시에라의 산들바람처럼 솔직하고 건강한 예쁜 소녀를 본 순간, 활화산 같은 정열을 간직한 그의 가슴은 크게 요동쳤다. 소녀가 시야에서 사라졌을 때, 그는 자신이 삶의 한고비에 섰다는 사실을 깨달았다. 은광 개발이든 뭐든, 방금 눈앞에 나타난 매혹적인 소녀에 비하면 아무것도 아니었다.

그의 가슴속에서 솟구쳐 오른 사랑은 소년기의 변덕스러운 환상이 아니라, 강인한 의지와 전제적인 기질을 가진 한 남자의 거칠고 강한 열정이었다. 그는 무슨 일을 하건 실패를 모르는 사람이었다. 그는 이 사랑이 인간의 노력과 끈기로 이룰 수 있는 것이라면 기필코 그것을 쟁취하고 말겠노라고 마음속으로 맹세했다.

청년은 그날 저녁, 그리고 그다음에도 수없이 존 페리어네 집을 찾아갔다. 그는 이제 농장에서 친근한 얼굴이 되었다. 유타 주의 골짜기에 갇힌 채 일밖에 몰랐던 존은, 지난 12년간 세상 돌아가는 소식을 까맣게 모르고 살아왔다. 이 때문에 제퍼슨 호프의 이야기는 존 페리어뿐만 아니라 그 딸에게도 매혹적인 것이었다. 호프 청년은 캘리포니아에서 개척민 노릇을 한 적이 있었고, 그래서 초기의 평온한 시기에 일확천금을 하거나 재산을 탕진한 사람들의 기이한 얘기를 많이도 알고 있었다. 또한 탐사 활동을 한 적도 있고, 덫 사냥꾼, 은광 개발업자, 목동 노릇을 한 적도 있었다. 무슨 흥미로운 모험이 있을 만한 곳이면 제퍼슨 호프는 만사를 제치고 그곳으로 달려갔었다.

늙은 농부는 곧 호프라는 청년에게 호감을 갖게 되었고 입에 침이 마르도록 그를 칭찬하게 되었다. 그럴 때면 루시는 아무 말도 안했지만, 상기된 뺨과 행복으로 빛나는 눈동자를 보면 소녀가 누구에게 마음을 빼앗겼는지 분명하게 알 수 있었다. 아버지는 딸의 이러한 모습을 못 보았을 수도 있지만, 루시의 사랑을 얻어낸 젊은이는 용케 그것을 알아보았다.

어느 여름 저녁, 청년은 말을 타고 달려와 집 앞에 말을 세웠다. 집 안에 있던 루시 페리어는 청년을 맞이하러 밖으로 나갔다. 청년은 울타리 너머로 고삐를 던지고 뚜벅뚜벅 대문 안으로 들어왔다.

"루시, 나 지금 떠날 거요."

청년은 루시의 손을 잡고 그녀의 얼굴을 그윽한 눈길로 내려다보았다.

"지금은 같이 가달라고 얘기하지 않겠소. 하지만 내가 다시 돌아오면 그때 나랑 같이 떠나주겠소?"

"그게 언젠데요?"

루시 페리어는 얼굴을 붉히고 깔깔거리며 물었다.

"기껏해야 앞으로 두 달이오. 내 사랑, 두 달 뒤에 와서 당신을 데

려갈 테요. 아무도 우리 사이를 갈라놓지는 못할 거요."

"우리 아버지는요?"

루시는 물었다.

"아버님께선 승낙하셨소. 물론 광산 일이 잘돼야 한다는 조건을 다셨소. 하지만 나는 그 일에 대해서는 자신 있소."

"오, 물론 그렇겠지요. 당신이 아버지와 벌써 얘기를 끝냈다면 이제 됐어요."

루시는 속삭이며 청년의 넓은 가슴에 뺨을 댔다.

"고맙소!"

청년은 쉰 목소리로 말하며 몸을 굽히고 여자에게 입 맞췄다.

"그럼 일은 결정된 거요. 여기 오래 있을수록 떠나기가 힘들어질 것 같소. 일행이 협곡에서 날 기다리고 있어요. 안녕, 내 사랑, 안녕.
두 달 뒤에 오겠소."

　　제퍼슨 호프는 억지로 몸을 돌려 말에 올라타고 쏜살같이 달려
갔다. 여자의 모습을 한 번 더 보았다간 결심이 흔들릴까 봐 겁내는
것처럼, 그는 뒤도 돌아보지 않고 갔다. 루시는 대문 앞에 서서 애인
이 시야에서 사라질 때까지 바라보다가 다시 집 안으로 들어갔다.
루시 페리어는 유타에서 가장 행복한 여자였다.

존 페리어, 선지자와 이야기하다

제퍼슨 호프 일행이 솔트레이크시티를 떠난 지 3주가 흘렀다. 존 페리어는 청년이 돌아오면 양딸을 떠나보내야 한다는 생각을 할 때마다 속이 쓰렸다. 그러나 그 어떤 구구한 말보다도 딸아이의 밝고 행복한 얼굴을 보면 현실을 인정할 수밖에 없었다. 그는 항상 마음속으로, 무슨 일이 있어도 딸아이를 절대로 모르몬교도와는 결혼시키지 않으리라고 결심하고 있었다. 그가 보기에 그런 결혼은 결혼이라고 할 수도 없는 치욕이고 망신이었다. 그는 모르몬교의 다른 교리야 어떻든, 그 점에 대해서만은 고집불통이었다. 그러나 그는 그 문제에 대해서 입을 다물지 않으면 안 되었다. 왜냐하면 교리에 어긋나는 의견을 표명하는 것은 당시, 성도들의 땅에서는 위험한 일이기 때문이었다.

그렇다, 그것은 위험한 일이었다. 그게 어느 정도냐면, 가장 신앙심이 두터운 성도조차 종교적인 의견을 피력할 때는 숨죽여 속삭이는 정도였다. 자신의 입에서 흘러나온 말이 혹시 무슨 오해라도 받게 되면 가차 없는 징벌이 내려지기 때문이었다. 핍박당하던 이들이 이제는 자신의 이익을 위해 남을 핍박하는 자로 돌변했는데, 그것은 말하기조차 끔찍한 것이었다. 세비야의 종교 재판소도, 독일의 벰게리히트도, 이탈리아의 비밀 단체도, 유타 주에 먹구름을 드리운 모르몬교의 비밀 조직보다 더 무서운 것은 아니었다.

눈에 띄지 않게 비밀리에 활동하는 것이 이 조직을 두 배 더 무서운 것으로 만들었다. 이 조직은 모르는 것이 없고 못 하는 일이 없는 것 같았으나 밖으로 드러난 것은 전혀 없었다. 교회에 반기를 든 사람은 홀연히 사라지곤 했지만, 그가 어디로 갔는지, 그에게 무슨 일이 생겼는지 아무도 알지 못했다. 처자식들은 집에서 가장을 기다렸지만 그가 집에 돌아와서 비밀 재판관이 자신에게 어떤 벌을 내렸는지 말해 주는 일은 없었다. 경박한 말 한마디나 섣부른 행동의 대가는 행방불명이었지만, 아무도 자신들을 억누르는 이 무서운 권력이 어떤 것인지 알지 못했다. 사람들이 공포와 두려움에 떠는 것은 놀라운 일이 아니었다. 들판 한가운데서도 사람들은 마음을 찍어 누르는 의혹에 대해 속삭여볼 엄두조차 내지 못했다.

처음에 이 무서운 비밀 조직은 모르몬 신앙을 받아들였다가 나중에 개종하거나 신앙을 포기하려고 하는 변절자들만을 찾아서 응징했다. 그러나 응징 범위는 점점 넓어졌다. 성인 여자들이 부족해지면서, 여성 인구를 끌어오지 못하는 일부다처제는 어리석기 짝이 없는 교리가 되었다. 야릇한 소문이 나돌기 시작했다. 인디언이 한 번도 출몰한 적이 없는 지역에서 이민자들이 살해당했다거나 야영지가 약탈당했다는 소문이 떠돌았다. 장로들의 하렘에 새로운 여자들이 나타났다. 초췌한 얼굴로 울고 있는 그녀들의 얼굴에는 지울 수 없는 공포의 흔적이 남아 있었다. 산을 넘어온 나그네들은 복면을 하고 무장한 사내들이 어둠 속에서 고양이처럼 소리 내지 않고 지나갔던 일에 대해 얘기했다. 소문에 소문이 꼬리를 물면서 그것은 구체적인 형태를 갖추기 시작했고 종내는 이름까지 나오게 되었다. 이제 서부의 외딴 농장에서 복수의 천사라는 이름은 불길하고 두려운 것이 되었다.

그토록 끔찍한 짓을 자행하는 조직에 대해 더 많은 것이 알려지면서 사람들이 느끼는 공포심은 잦아들기는커녕 점점 강해졌다. 이 무시무시한 조직에 속해 있는 자가 누군지는 아무도 몰랐다. 종교의 이름으로 저질러지는 유혈이 낭자한 폭력 행위에 참가한 사람들의 명단은 철저하게 비밀에 부쳐졌다. 선지자와 그의 사명에 대한 걱정을 들어주던 바로 그 친구가, 밤에 횃불과 칼을 들고 와서 끔찍한 보복을 자행하는 바로 그 집단의 일원일 수도 있는 것이다. 그런 까닭에 사람들은 누구나 이웃을 두려워했고, 심중에 있는 말을 아무에게도 털어놓지 않았다.

어느 화창한 아침, 존 페리어는 막 밀밭에 나가려고 하다가 대문이 삐걱거리는 소리를 듣고 창밖을 내다보았다. 연한 갈색 머리의 뚱뚱한 중년 사내가 마당으로 들어오고 있었다. 그는 가슴이 쿵 하고 내려앉는 듯했다. 손님은 다름 아닌 위대한 지도자 브리검 영이었다. 이런 방문이 좋을 턱이 없다는 것을 알고 있던 까닭에, 페리어는 불안한 심정으로 현관으로 달려가 모르몬교의 수장을 맞아들였다. 그러나 지도자는 페리어의 인사를 받는 둥 마는 둥 하고 험악한 얼굴로 거실에 좌정했다. 영은 옅은 눈썹 아래 자리 잡은 눈을 날카롭게 치뜨며 말했다.

"페리어 형제, 우리 진실한 교도들은 당신에게 훌륭한 친구가 되어주었다. 우리는 사막에서 굶주리는 당신을 구해 주었고, 음식을 나누어주었으며, 당신을 선택된 땅으로 무사히 데려왔고, 넓은 땅을 나누어주었다. 그리하여 당신은 우리의 보호 아래 큰 재산을 일굴 수 있었다. 그렇지 아니한가?"

"그렇습니다."

존 페리어가 대답했다.

"이 모든 것에 대한 대가로 우리는 단 한 가지를 요구했을 뿐이다. 그것은 참된 신앙을 받아들이고 그 신앙의 관습에 순응하여 살라는 것이었다. 당신은 그렇게 하겠노라고 약속했다. 그런데 항간에 떠도는 이야기가 옳다면 당신은 그 약속을 지키지 않았다."

"제가 약속을 지키지 않았다고요?"

페리어는 간언을 드리듯 두 손을 들어 올리며 말했다.

"제가 공동 기금에 돈을 내지 않았습니까? 제가 교회에 출석하지 않았습니까? 아니면 제가 무슨……?"

"당신의 아내들은 어디 있는가?"

영은 주위를 둘러보며 말했다.

"여자들을 불러서 내게 인사시켜라."

"제가 결혼하지 않은 것은 사실입니다."

페리어는 대답했다.

"하지만 여자들은 그 수가 적은데, 저보다 더 여자를 필요로 하는 형제들이 많습니다. 저는 혼자 살지 않았습니다. 제게는 시중을 들어주는 딸이 있습니다."

"내가 여기까지 찾아온 것은 바로 당신의 딸 때문이다."

모르몬교의 수장이 말했다.

"당신 딸은 유타의 꽃으로 피어났고, 이곳의 높은 사람들이 당신 딸을 어여삐 보게 되었다."

존 페리어는 마음속으로 신음했다.

"그런데 당신 딸이 이방인과 정혼했다는 해괴한 소문이 떠돌고 있다. 그러나 그것은 할 일 없는 자들의 입방아가 틀림없다. 성스러운 조셉 스미스의 열세 번째 계율은 무엇인가? '참된 신앙을 가진 처녀들은 선민의 자식과 혼인하라. 만약 그렇게 하지 않고 이방인과 혼인한다면 무거운 죄를 짓는 것이다.' 계율이 이럴진대, 성스러운 신앙을 갖고 있다고 부르짖는 당신의 딸이 계율을 어긴다는 것은 있을 수 없는 일이다."

존 페리어는 아무 말 없이, 신경질적으로 말채찍을 만지작거렸다.

"당신의 신앙은 온전히 이 한 가지 점에서 시험받을 것이다. 이것이 성스러운 장로 회의의 결정이다. 여자가 아직 어리니 늙은이와 혼인시키지는 않을 것이고, 또 여자에게서 선택권을 박탈하지도 않을 것이다. 우리 장로들에겐 암소(헤버 C. 켐볼은 어느 설교에서 100여 명에 달하는 자신의 아내들을 이렇게 불렀다 — 지은이)가 많지만 우리 아이들에겐 아직도 많이 모자란다. 스탠거슨에게도 아들이 있고 드리버에게도 아들이 있다. 어느 쪽이든 당신 딸을 기쁘게 집안으로 맞아들일 것이다. 딸에게 선택하라고 일러라. 그 아들들은 젊고 부유하며 참된 신앙을 가지고 있다. 자, 어떻게 할 텐가?"

페리어는 이맛살을 찌푸린 채 잠시 동안 말이 없었다.

"저희들에게 시간을 주십시오."

그는 마침내 입을 열었다.

"우리 딸은 아직 어립니다. 혼인할 나이가 되려면 멀었습니다."

"당신 딸에게 한 달의 여유를 주겠다."

영은 자리에서 일어서며 말했다.

"정해진 시간이 지나면 여자는 어느 쪽을 택할 것인지 대답해야 한다."

영은 문턱을 넘어섰다가 돌아섰다. 그는 상기된 얼굴로 눈을 번쩍거리며 벽력같이 고함을 쳤다.

"존 페리어, 당신 부녀가 감히 성스러운 장로 회의의 결정을 뿌리친다면 차라리 시에라 블랑코에서 해골이 되어 뒹구는 편이 더 나았다는 것을 알게 될 것이다!"

영은 위협하는 듯한 손짓과 함께 몸을 돌렸다. 자갈이 깔린 길 위로 지도자의 무거운 발소리가 울렸다.

　페리어가 무릎에 팔꿈치를 고이고 앉아서 딸아이에게 이 얘기를 어떻게 해야 할지 고심하고 있을 때, 몸에 부드러운 손길이 닿는 것을 느꼈다. 고개를 들어보니 루시가 옆에 와 서 있었다. 겁에 질린 창백한 얼굴만 봐도 소녀는 이미 둘 사이에 오간 얘기를 다 들은 것이 분명했다.

　"다 들었어요."

　루시 페리어는 아버지의 묻는 듯한 눈길을 느끼고 이렇게 대답했다.

　"그분의 목소리가 집 안에 쩌렁쩌렁 울렸는걸요. 오, 아버지, 아버지, 이제 우린 어떻게 해요?"

　"너무 무서워하지 마라."

페리어는 딸을 끌어안고 크고 투박한 손으로 밤색 머리를 부드럽게 쓰다듬어주었다.

"어떻게든 좋은 쪽으로 해결이 날 거다. 너, 그 녀석에 대한 감정이 식은 건 아니겠지? 응?"

루시는 대답 대신 흐느끼며 아버지의 손을 꼭 쥐었다.

"그래, 물론 그렇지 않겠지. 네가 그렇다고 대답하기를 바라지는 말아야지. 그 아이는 장래성이 있는 청년이야. 그리고 기독교도지. 여기 놈들이 아무리 기도니 설교니 하고 설쳐대더라도 그 녀석 발꿈치에도 못 쫓아간단다. 내일 네바다로 떠나는 패거리가 있으니까 우리가 오도 가도 못하게 됐다는 편지를 그 아이한테 인편으로 보내도록 해보마. 내가 사람을 제대로 보았다면, 그 아이는 전광석화처럼 말을 달려서 돌아올 게다."

루시는 아버지의 표현이 우스웠는지 눈물 젖은 얼굴로 웃음을 터뜨렸다.

"그이가 돌아오면 어떻게 하는 게 좋을지 말해 줄 거예요. 하지만 제가 두려운 건 아버지 때문이에요. 선지자에게 반대한 사람들은 무, 무서운 일을 당하게 된대요. 반드시 끔찍한 일을 당한대요."

"하지만 우린 아직 반대하지 않았잖니."

아버지는 대답했다.

"미리 대비할 시간이 있을 게다. 아직 한 달이 남았으니까. 한 달 뒤에는 유타를 벗어나는 게 상책일 거야."

"유타를 떠난다고요!"

"그렇지."

"하지만 농장은요?"

"돈으로 바꿀 수 있는 건 최대한 바꿔두고 나머지는 그냥 놔두고 갈 수밖에. 솔직히 말하면 얘야, 내가 이런 생각을 한 건 이번이 처음은 아니란다. 나는 여기 놈들처럼 그 빌어먹을 선지자 앞에서 고개를 조아리는 일이 영 내키지 않는다. 나는 자유롭게 태어난 미국인이라, 여기 풍습은 정말 맞지가 않는구나. 뭔가를 새로 배우기에는 내가 너무 늦은 모양이야. 만일 그자가 이 농장에 어슬렁거리고 나타난다면 다음에는 총알 세례를 퍼부어줄 테다."

"하지만 그 사람들은 우릴 그냥 가게 놔두지 않을 거예요."

딸은 반대했다.

"제퍼슨이 올 때까지 기다려보자. 무슨 수가 생길 거다. 그리고 너무 속 태우지 마라. 네가 울어서 퉁퉁 부은 눈을 하고 있으면 그 녀석이 네 꼴을 보자마자 나한테 덤벼들 게야. 무서워할 건 아무것도 없다."

존 페리어는 자신만만한 말투로 이렇게 딸을 위로했지만 그날 밤 그는 유난히 문단속을 철저히 했다. 그리고 침실 벽에 걸어둔 낡고 녹슨 엽총을 내려서 조심스럽게 소제하고 총알을 장전해 두었다.

필사의 도주

모르몬의 선지자와 이야기를 나눈 다음, 존 페리어는 그 길로 솔트레이크시티를 찾아가 네바다 산맥으로 떠날 준비를 하고 있는 지인을 찾아내어 제퍼슨 호프에게 보내는 편지를 맡겼다. 그는 청년에게 보내는 편지에서 눈앞에 닥친 위험에 대해 설명하고 한시바삐 돌아올 것을 부탁했다. 편지를 맡긴 다음 그는 한층 가벼워진 마음으로 집에 돌아왔다.

농장이 가까워지자, 대문 기둥에 두 필의 말이 묶여 있는 게 보였다. 깜짝 놀라 집 안에 들어가보니 두 청년이 거실을 차지하고 있었다. 하나는 말상에 낯빛이 창백했는데 흔들의자에 떡하니 앉아서 난로 위에 발을 올려놓고 있었다. 다른 하나는 창가에 서 있었는데 황소처럼 굵은 목에 천박하고 오만한 인상이었다. 창가에 서 있는 청년은 주머니에 손을 찌른 채 유행하는 찬송가를 휘파람으로 불고 있었다. 페리어가 들어오자 둘 다 고개를 까딱했고, 흔들의자에 앉은 쪽이 먼저 입을 열었다.

"아마 우리를 모르실 거요. 저쪽은 드리버 장로의 아들이고 나는 조셉 스탠거슨이오. 주께서 손을 뻗으사 당신들을 구원하여 진실된 무리 속에 넣어주셨던 그 사막에서, 같은 마차를 타고 갔던 바로 그 사람이지요."

"때가 되면 주님께서는 모든 나라들을 건지시리니, 그분의 맷돌은 천천히 돌아도 대단히 곱게 빻도다."

창가의 젊은이가 콧소리로 말했다.

존 페리어는 차갑게 인사했다. 그는 자신을 찾아온 두 청년이 누구인지 이미 짐작하고 있었다. 스탠거슨이 말을 계속했다.

"우리가 여기 온 것은, 우리 둘 중 한 사람이 당신 딸에게 장가드는 게 좋겠다는 양쪽 아버님의 말씀이 계셨기 때문이오. 하지만 나한테는 아내가 넷뿐이지만 드리버 형제에겐 일곱이나 되기 때문에, 내 사정이 훨씬 급하다고 봅니다."

"스탠거슨 형제, 아니지, 그건 아냐."

드리버가 소리쳤다.

"문제는 지금 아내가 몇 명이냐가 아니라, 여자들을 거느릴 능력이 어느 정도냐일세. 우리 아버지는 나한테 방앗간을 넘겨주셨네. 그래서 내가 자네보다 재산이 더 많아졌지."

"하지만 장래성을 보면 내 쪽이 훨씬 낫지."

스탠거슨이 흥분한 목소리로 말했다.

"주께서 우리 아버지를 데려가시면 아버지의 피혁 공장이 내 것이 된단 말이야. 그리고 나는 자네보다 나이도 많은 데다가 교회에서 지위도 더 높지 않나."

"이 사람아, 선택권은 아가씨 손에 있네."

젊은 드리버는 유리창에 비친 자신의 모습을 보고 싱글거리며 대꾸했다.

"모든 걸 다 아가씨의 선택에 맡기자고."

이런 대화가 오가는 동안, 존 페리어는 말채찍으로 두 놈의 등짝을 후려갈기고 싶은 충동을 간신히 억누르며 문 앞에 서 있었다.

"나 좀 보지."

존 페리어는 마침내 말하며 두 사람을 향해 성큼성큼 다가갔다.

"우리 딸이 자네들을 부르면 여기 와도 좋아. 하지만 그러기 전에는 자네들 얼굴을 다시 보고 싶지 않군."

두 모르몬교 청년은 깜짝 놀라서 페리어의 얼굴을 멍하니 바라보았다. 두 사람이 보기에는 자신들이 한 여자를 두고 이렇게 경쟁을 벌이는 것이 여자와 여자의 아버지에게는 더할 나위 없는 영광이었다.

"이 집을 나가는 방법이 두 가지가 있다."

페리어는 소리 질렀다.

"문으로 나갈 수도 있고 창문으로 나갈 수도 있지. 어느 쪽을 택할 테냐?"

페리어의 갈색으로 그을린 얼굴은 사납기 짝이 없었고, 뼈마디가 불거진 손은 당장에라도 이쪽으로 날아올 것 같았으므로 두 손님은 재빨리 일어나서 방을 뛰쳐나갔다. 늙은 농부는 두 사람의 뒤를 따라갔다.

"어느 쪽으로 나가는 게 좋을지 결정되면 나한테 알려주게."

농부는 빈정거리는 투로 말했다.

"당신 무사하지 못할 거야!"

스탠거슨은 화가 나서 하얗게 질린 얼굴로 외쳤다.

"당신은 선지자와 장로 회의에 반항했어. 당신은 죽는 날까지 이 일을 후회할 거다."

"주께서 손을 들어 당신을 칠 것이다."

젊은 드리버가 외쳤다.

"주께서 일어서서 당신을 내려칠 것이다!"

"그러면 내가 먼저 내려치기로 하지."

페리어는 불끈거리며 고함을 질렀다. 루시가 달려와서 팔을 붙들고 말리지 않았다면 그는 2층으로 달려가서 총을 꺼내 왔을 것이다. 부녀가 실랑이를 하고 있는 사이 말발굽 소리가 들려왔다. 두 청년은 벌써 멀찌감치 달아나고 있었다.

"저 쥐새끼 같은 자식들!"

페리어는 이마에서 땀을 훔쳐내며 고함을 질렀다.

"얘야, 차라리 우리가 죽는 게 낫지, 네가 저런 놈들에게 팔려 가는 꼴은 못 보겠구나."

"저도 그래요, 아버지."

루시는 결연히 대답했다.

"하지만 그이가 곧 올 거예요."

"그래. 곧 올 거다. 빨리 올수록 좋지. 우리는 이제 어떻게 해야 할지도 모르고 있으니까."

사실, 지금이야말로 고집 센 늙은 농부와 양딸에게 절실히 도움이 필요할 때였다. 거주지의 짧은 역사에서 장로들의 권위에 이토록 노골적으로 저항한 예는 일찍이 없었다. 사소한 과오를 저지른 이들도 그렇게 무자비하게 처벌받는데, 대죄를 저지른 이들의 운명은 어찌 될 것인가? 페리어는 자신의 재산과 지위는 전혀 도움이 안 될 것임을 잘 알고 있었다. 그 못지않게 재산이 많고 평판이 높은 사람들도 행방불명이 되었고, 그들의 재산은 교회로 넘어갔다. 그는 용감한 사람이었지만 어딘가에서 자신을 노리는 보이지 않는 테러 집단 앞에서는 떨 수밖에 없었다. 눈에 보이는 위험에 대해서는 이를 악물고 맞서겠지만 이렇게 막연한 공포에는 대항할 방법이 없었다. 그는 딸 앞에서는 두려움을 감추고 별일 아닌 척하려고 애썼지만, 루시 페리어는 사랑하는 아버지가 불안해하고 있다는 사실을 민감하게 알아차렸다.

존 페리어는 자신의 행위에 대해 선지자 영이 모종의 준엄한 경고를 전해 올 거라고 생각했는데 그의 생각은 틀리지 않았다. 그러나 그 방식은 완전히 상상을 뛰어넘는 것이었다. 다음 날 아침 잠자리에서 일어난 그는 자신이 덮고 잤던 이불의 가슴께에 쪽지 한 장이 꽂혀 있는 것을 보고 소스라치게 놀랐다. 그 쪽지에는 굵은 글씨로 다음과 같은 글이 휘갈겨져 있었다.

'반성할 시간을 29일 주겠다. 그다음에는……'

말줄임표는 어떤 협박보다 더한 공포를 안겨주었다. 존 페리어는 이런 경고문이 어떻게 자신의 방에 들어왔는지 곰곰이 생각해 보았지만 도무지 알 수 없었다. 하인들은 바깥채에서 자는 데다가, 집 안의 문이란 문은 죄다 잠겨 있었다. 그는 쪽지를 구겨버리고 딸에게는 아무 말도 하지 않았지만 가슴 서늘한 두려움을 느꼈다. 29일이란 날짜는 영이 약속했던 한 달을 의미하는 것이 분명했다. 그토록 신비스러운 힘을 지닌 적에게 대항하려면 어떤 힘이나 용기가 필요한 것일까? 쪽지에 핀을 꽂았던 그 손은 그의 심장에 칼을 꽂을 수도 있었다. 그랬다면 그는 자신을 죽인 상대가 누군지도 알지 못하고 죽었을 것이다.

다음 날 아침에는 더욱 무서운 일이 생겼다. 페리어 부녀가 아침 식사를 하려고 앉았을 때, 루시가 외마디 소리를 지르며 위쪽을 가리켰다. 천장 한가운데, '28'이라는 숫자가 삐뚜름하게 쓰여 있었다. 그것은 타다 남은 막대기로 쓴 것이 틀림없었다. 딸도 아버지도, 도대체 이게 어찌 된 노릇인지 알지 못했다. 그날 밤 페리어는 총을 든 채 밤새워 지키고 앉아 있었다. 그는 아무것도 보지 못하고 듣지 못했지만, 아침에 나가보니 현관문 밖에 '27'이라는 숫자가 큼직하게 쓰여 있었다.

이렇게 하루하루 시간이 흘러갔다. 아침에 나가보면 보이지 않는 적이 어딘가 눈에 잘 띄는 곳에, 자비로운 한 달에서 며칠이 남았는지를 적어놓은 것이 보였다. 어떤 때는 무서운 숫자가 벽에 쓰여 있었고, 어떤 때는 바닥에 쓰여 있었다. 가끔은 숫자가 적힌 작은 판자가 대문이나 울타리에 걸려 있기도 했다. 존 페리어는 밤새 망을 보았지만 누가 매일같이 이런 경고를 남겨놓는지는 알 수 없었다. 그는 거의 미신적인 공포에 사로잡혔다. 얼굴은 수척해지고 몹시 불안해했다. 두 눈에는 쫓기는 짐승처럼 고통스러운 표정이 떠올랐다. 단 하나 남은 희망은 젊은 사냥꾼이 한시바삐 네바다에서 돌아와주는 것이었다.

20일은 15일로 바뀌었고 15일은 10일로 바뀌었지만, 떠나간 사람에게선 아무 소식이 없었다. 숫자는 하나씩 줄어들었지만 그가 왔다는 표시는 어디에도 없었다. 말 탄 사람이 신작로를 달려갈 때마다, 마차를 모는 마부가 뒤에 탄 사람들에게 큰 소리로 말을 걸때마다, 늙은 농부는 혹시 청년이 온 게 아닌가 하여 부랴부랴 문밖으로 뛰어나갔다. 그러나 5일이 4일이 되고, 그것이 다시 3일로 바뀌자, 그는 결국 용기를 잃었고 도망칠 수 있으리라는 희망을 버렸다. 농부는 정착촌을 둘러싸고 있는 산맥에 대해 거의 아무것도 모르는 데다가 더구나 혼자였다. 통행인들에 대해서는 엄격한 감시와 검문이 이루어졌고, 장로 회의의 허가 없이는 누구도 함부로 도로를 지나갈 수 없었다. 어느 쪽을 돌아보아도 파국을 피할 길은 없어 보였다. 그러나 딸에게 치욕스러운 일을 허락하느니 차라리 죽고말겠다는 노인의 결심에는 변함이 없었다.

어느 날 저녁, 존 페리어는 혼자 앉아서 눈앞에 닥친 일에 대해

곰곰이 생각하며 거기서 빠져나갈 길을 찾아보았다. 뾰족한 수는 떠오르지 않았다. 그날 아침 그의 집 담벼락에는 '2'라는 숫자가 쓰여 있었다. 다음 날은 저쪽에서 허락한 시간의 마지막이 될 터였다. 그때가 되면 어떤 일이 벌어질 것인가? 온갖 억측과 무서운 상상이 쉼 없이 떠올랐다. 그리고 딸아이? 내가 없으면 딸아이는 어떻게 될 것인가? 사방에서 옥죄어오는 보이지 않는 그물망을 빠져나갈 길은 없는가? 늙은 농부는 탁자에 이마를 대고 자신의 무능함에 눈물 흘렸다.

무슨 소리일까? 사위는 온통 고요한데 조그맣게 긁는 소리가 들려왔다. 소리는 나지막했지만 조용한 밤이라서 아주 또렷하게 들렸다. 그것은 현관문 쪽에서 들려왔다. 페리어는 홀로 나가 가만히 귀 기울였다. 잠시 잠잠해지는 듯하더니 나지막하게 긁는 듯한 소리가 다시 들려왔다. 누군가 현관문을 아주 조그맣게 두드리고 있는 것이 틀림없었다. 비밀 재판소의 살인 명령을 받고 온 한밤중의 살인자일까? 아니면 마지막 은혜의 날이 왔다는 것을 표시하러 온 행동대원일까? 존 페리어는 가슴을 짓누르며 신경을 갉아먹는 이런 공포보다는 차라리 당장 죽는 게 낫다고 생각했다. 그는 벌떡 일어나 빗장을 열고 현관문을 열어젖혔다.

밖은 쥐 죽은 듯 조용했다. 밤하늘에 별들이 반짝이는 상쾌한 밤이었다. 눈에 보이는 것은 집 앞의 작은 정원과 울타리, 대문이었다. 사람의 그림자라곤 어디에도 보이지 않았다. 페리어는 안도의 한숨을 쉬고 좌우를 번갈아 바라보았다. 그러나 우연히 발밑에 시선이 닿았을 때, 그는 한 남자가 바닥에 납작 엎드려 있는 모습을 보고 기겁을 했다.

존 페리어는 너무 놀란 나머지 고함 소리가 터져 나오는 것을 막기 위해 입을 막아야 했다. 그는 벽에 바짝 붙어 섰다. 맨 처음에는 그렇게 엎드려 있는 인물이 부상자나 죽어가는 사람이 아닐까 하는 생각이 들었지만, 그가 보고 있는 앞에서 그 사람은 슬금슬금 땅바닥을 기더니 뱀처럼 빠르고 조용하게 집 안으로 들어왔다. 일단 집에 들어오자 그는 벌떡 일어서서 현관문을 닫았다. 어안이 벙벙해진 농부 앞에 서 있는 사람은 매서운 얼굴에 굳은 표정을 한 제퍼슨 호프였다.

"맙소사!"

존 페리어는 숨을 헐떡였다.

"정말 사람을 놀라게 하는군! 어째서 그 모양으로 들어오는 건가?"

"먹을 걸 좀 주세요."

호프는 쉰 목소리로 말했다.

"저는 48시간 동안 빵 한 조각, 물 한 모금 먹을 시간이 없었습니다."

탁자에 저녁때 먹다 남긴 차가운 고기와 빵이 놓여 있는 걸 보고 그는 두말없이 달려들어 게걸스럽게 먹어치우기 시작했다.

"루시는 잘 견디고 있습니까?"

청년은 허기를 채운 다음 물었다.

"그래. 그 애한테는 상황이 얼마나 위험한지 말하지 않았네."

페리어가 대답했다.

"잘하셨습니다. 이 집은 사방에서 감시당하고 있습니다. 제가 여기까지 기어온 건 바로 그 때문입니다. 놈들도 꽤나 노련한 것 같지만, 이 와쇼(시에라네바다 산맥 동쪽의 타호 호(湖) 주변에 살던 북아메리카 인디언 ─옮긴이) 사냥꾼을 잡기에는 역부족이지요."

존 페리어는 헌신적인 동맹군이 생겼다는 걸 깨닫자 완전히 딴사람이 된 기분이었다. 그는 청년의 가죽처럼 마른 손을 꼭 잡았다.

"자네가 정말 자랑스러우이. 어려움과 고통을 나누러 와줄 사람은 많지 않다네."

"어르신, 옳은 말씀입니다."

젊은 사냥꾼은 대답했다.

"저는 어르신을 존경합니다. 하지만 이 일에 관련된 사람이 어르신만이었다면 저는 이런 말벌통 속으로 쉽게 뛰어들지 못했을 겁니다. 제가 여기 온 것은 루시 때문입니다. 유타 주의 호프 일가가 씨가 마르기 전에는 루시를 털끝 하나 다치지 못하게 할 겁니다."

"이제 우리는 어떻게 해야 하나?"

"내일이 마지막 날입니다. 오늘 밤 움직이지 않으면 끝장이지요. 저는 독수리 협곡에 노새 한 마리와 말 두 마리를 대기시켜 놓았습니다. 어르신께선 돈을 얼마나 가지고 계신가요?"

"금으로 2000달러하고 지폐로 다섯 장."

"그 정도면 충분합니다. 저한테도 그만큼 있습니다. 우리는 저 산을 넘어서 카슨시티로 가야 합니다. 지금 루시를 깨우는 게 좋겠습니다. 하인들이 별채에서 잠을 자는 게 정말 다행이군요."

페리어가 딸을 깨워 여행 준비를 시키는 동안, 제퍼슨 호프는 먹을 만한 것을 몽땅 뒤져내어 작은 꾸러미로 만들고 호리병에 물을 채웠다. 그는 산속에 샘이 드물다는 사실을 경험으로 알고 있었다. 청년이 준비를 끝내기도 전에 농부가 옷을 단단히 입고 출발 준비를 끝낸 딸을 데리고 내려왔다. 두 연인은 뜨겁지만 짧은 인사를 나누었다. 단 몇 분이라도 소중했고, 또 할 일이 많았던 것이다.

"우린 당장 출발해야 합니다."

제퍼슨 호프는 나지막하지만 결연한 목소리로 말했다. 그는 위험이 얼마나 큰가를 깨닫고서 각오를 굳게 다진 사람처럼 보였다.

"앞문과 뒷문은 감시당하고 있지만, 조심하면 옆쪽 창문으로 빠

저나가 들판을 가로질러 도망칠 수 있을 겁니다. 일단 길로 나서면 말을 대기시켜 놓은 골짜기까지 3.2킬로미터밖에 안 됩니다. 우리는 동트기 전까지 저 산을 반은 넘어야 합니다."

"파수꾼에게 걸리면 어떻게 하지?"

페리어가 물었다.

호프는 윗옷 앞자락 위로 툭 불거진 리볼버 손잡이를 찰싹 때렸다.

"만약 인원수로 눌리게 되면, 갈 때는 가더라도 두세 놈 같이 데리고 가야지요."

그는 험악한 얼굴로 씩 웃었다.

집 안의 불을 다 끈 뒤 어두워진 창문을 통해, 페리어는 지금까지는 자신의 것이었지만 이제 영원히 버리려고 마음먹은 들판을 내다보았다. 그는 진작부터 기꺼이 희생을 치르겠노라고 각오하고 있었고, 딸이 명예를 지키고 행복해진다면 재산을 잃는 것쯤은 아무것도 아니라고 생각하고 있었다. 바람에 한들거리는 나무와 고요하기 이를 데 없는 드넓은 들판, 모든 것이 너무도 평화롭고 행복해 보여서 도저히 곳곳에 살인자들이 숨어 있다고는 생각되지 않았다. 그러나 젊은 사냥꾼의 무표정한 하얀 얼굴은 그가 이 집으로 오는 동안 그런 어울리지 않는 존재를 실컷 보았다는 것을 드러내고 있었다.

페리어는 금과 지폐가 든 자루를, 제퍼슨 호프는 빈약한 식량과 물이 든 자루를 둘러멨지만, 루시는 귀중한 소지품 몇 가지가 든 작은 꾸러미만 들었을 뿐이다. 이들은 아주 천천히, 조심스럽게 창문을 열고 달이 어두운 구름 속에 들어가기를 기다렸다가 한 사람씩 작은 정원으로 내려섰다. 그리고 숨을 죽이고 몸을 낮춘 채 정원을 지나 작은 관목 숲으로 들어갔다. 관목 숲을 지나니 작은 공터가 나왔는데 그것은 옥수수밭으로 이어져 있었다. 그런데 공터 앞까지 왔을 때 호프 청년이 두 사람의 팔을 잡고 그늘 속으로 잡아당겼다. 세 사람은 그늘 속에 숨어서 숨소리도 제대로 내지 못하고 떨고 있었다.

제퍼슨 호프가 스라소니처럼 예민한 귀를 갖게 된 것은 아까 들판을 지나오며 미리 훈련을 쌓은 덕분이었다. 세 사람이 그늘 속에 엎드리자마자 몇 미터 안쪽에서 구슬픈 올빼미 울음소리가 들렸다. 그러자 얼마 떨어지지 않은 곳에서 즉각 다른 올빼미가 화답했다. 동시에 이들이 지나가려고 했던 공터에 희미한 사람 그림자가 나타나더니 다시 한번 구슬픈 올빼미 울음소리를 냈고, 그러자 어둠 속에서 상대방이 모습을 드러냈다.

"내일 자정, 쏙독새가 세 번 울 때."

처음 나타난 인물이 말했다. 그는 상대방보다 지위가 더 높은 듯했다.

"알았습니다."

다른 사내가 대답했다.

"드리버 형제에게 전할까요?"

"드리버에게 전해라. 그리고 다른 사람들한테도. 9에서 7!"

"7에서 5!"

상대가 대답했다. 그리고 두 사람은 각자 다른 방향으로 쌩하니 달려갔다. 이들이 마지막으로 주고받은 말은 일종의 암호임에 틀림 없었다. 두 사람의 발자국이 멀리 사라지자 제퍼슨 호프는 벌떡 일어나서 부녀를 끌고 사력을 다해 공터를 내리뛰어 옥수수밭으로 들어갔다. 들판을 달리는 동안 루시가 힘이 부친 듯하자 호프는 여자를 안고 뛰다시피 했다.

"빨리요! 빨리!"

호프 청년은 가끔씩 숨찬 목소리로 이렇게 속삭였다.

"사방에 경비대가 쫙 깔려 있어요. 살려면 속도를 내야 해요, 빨리!"

신작로에 접어들자 속도는 더욱 빨라졌다. 일행은 단 한 번 사람과 마주쳤으나 미리 들판에 숨은 까닭에 들키지 않았다. 젊은 사냥꾼은 마을에 이르기 전에 산으로 올라가는 비좁고 울퉁불퉁한 길로 부녀를 이끌었다. 시커먼 봉우리 두 개가 어둠 속에서 삐죽 솟아 있었는데 그 사이의 비좁은 계곡을 따라가면 말들을 대기시켜 놓은 독수리 협곡이 나왔다. 제퍼슨 호프는 날카로운 본능으로 커다란 바위 사이를 골라 디디며 말라붙은 계곡 바닥을 따라 올라갔다. 마침내 바위가 병풍처럼 늘어선 모퉁이를 돌자 충실한 짐승들이 묶여 있는 곳이 나타났다. 루시는 노새를 타고, 늙은 페리어와 제퍼슨 호프는 각기 말을 타고 가파른 산길을 오르기 시작했다.

험악한 자연에 익숙하지 않은 사람에게 그것은 쉽지 않은 길이었다. 한쪽은 무서울 정도로 높이 솟아오른 시커먼 바위산이었는데, 긴 현무암 원주의 울퉁불퉁한 표면이 꼭 석화된 괴물의 갈빗대처럼

보였다. 다른 한쪽은 바윗덩이와 여러 가지 잔해가 빈틈없이 뒤엉
킨 경사면이었다. 그 사이로 난 길은 심하게 꼬불거렸고, 군데군데
좁아지는 곳이 있어서 일행은 한 줄로 나아갈 수밖에 없었다. 그 길
은 능숙한 기수에게도 어려울 만큼 험했다. 그러나 이 모든 위험과
난관에도 불구하고 도망자들의 마음은 새털처럼 가벼웠다. 한 걸음
내디딜 때마다 저 끔찍한 폭정(暴政)에서 멀어지고 있었으니까.

　그러나 일행은 아직 성도들의 관할 구역에서 벗어나지 못했다는
사실을 깨달았다. 산길에서 가장 험하고 외진 곳에 이르렀을 때 루
시는 깜짝 놀라 소리 지르며 위쪽을 가리켰다. 길을 굽어보는 바위
위에, 경비대원 한 사람이 서 있는 것이 보였다. 희끄무레한 하늘을
배경으로 사람의 형체가 또렷이 부각되었다. 이쪽에서 그를 발견한

순간 그도 일행을 알아본 모양이었다.

"거기 누구냐?"

군대식 수하가 고요한 골짜기에서 쩌렁쩌렁 울렸다.

"네바다로 가는 여행자들이오."

제퍼슨 호프는 안장에 걸어놓은 소총에 손을 대며 말했다.

외로운 감시자 또한 호프의 대답에 만족하지 못했는지 일행을 살피며 총을 만지작거리는 게 보였다.

"누구의 허락을 받았는가?"

저쪽에서 물었다.

"장로 회의!"

페리어가 대답했다. 그는 모르몬교 경험을 통해 최고의 권위를 지닌 기구가 어느 것인지 알고 있었다.

"9에서 7!"

파수꾼이 소리쳤다.

"7에서 5!"

제퍼슨 호프는 아까 들었던 군호를 기억해 내고 재빨리 대답했다.

"통과, 주님의 가호가 함께하기를."

바위 위의 경비대원이 말했다. 경계 초소를 지나며 길이 갑자기 넓어졌으므로 말들은 속보로 달릴 수 있게 되었다. 뒤를 돌아보니 외로운 파수꾼이 총에 몸을 기대고 있는 모습이 보였다. 이들은 자신들이 방금, 가장 바깥쪽에 있는 선민들의 초소를 통과했다는 사실을 깨달았다. 이제 자유였다.

복수의 천사

밤새도록 일행은 돌덩이가 구르는 꼬불거리는 길을 달려갔다. 한두 번 길을 잃기도 했지만 산길을 속속들이 알고 있는 호프 덕분에 다시 길을 찾을 수 있었다. 동틀 무렵, 경이롭고도 거친 아름다움이 눈앞에 펼쳐졌다. 머리에 눈을 인 거대한 봉우리들이 사방을 겹겹이 둘러싼 채, 서로의 어깨 너머로 먼 곳의 지평선을 엿보고 있었다. 양쪽의 깎아지른 벼랑에는 전나무와 소나무가 아슬아슬하게 매달려 있어서 바람이라도 건듯 불면 당장에라도 쏟아져 내릴 것만 같았다. 그러한 두려움이 완전히 터무니없는 것은 아니었던 것이, 황량한 계곡은 비슷한 모양으로 떨어져 내린 나무와 바윗덩이로 한 꺼풀 덮여 있었다. 일행이 그곳을 막 통과한 다음에도 커다란 돌덩이 하나가 굉음을 내며 굴러떨어지는 바람에 지친 말들이 깜짝 놀라 내닫기도 했다.

동쪽 지평선 위로 서서히 해가 솟아오르면서, 거대한 봉우리들이 덮어쓴 흰 모자가 마치 축제 때 등불이 켜지듯 차례차례 빛을 발하더니 온통 붉게 타오르기 시작했다. 장엄한 광경 앞에서 세 도망자들의 가슴은 환희에 젖어 들고 새로운 힘이 샘솟았다. 좁은 계곡을 우당탕퉁탕 휩쓸고 내려가는 급류를 만나자 일행은 걸음을 멈추고 말에게 물을 먹이는 한편 서둘러 아침 식사를 했다. 부녀는 좀 더 쉬고 싶었으나 제퍼슨 호프는 인정사정없이 말했다.

"저쪽에선 지금쯤 추적에 나섰을 겁니다. 모든 게 얼마나 속도를 내느냐에 달려 있지요. 카슨에 무사히 도착하기만 하면 남은 평생을 편안히 쉴 수 있을 겁니다."

그날 온종일, 일행은 힘껏 달렸다. 저녁때쯤에 이르자 출발 지점에서 50킬로미터쯤 왔으리라고 짐작되었고 밤에는 지붕처럼 돌출한 바위 아래 자리를 폈다. 그리고 바위가 찬바람을 막아주는 가운데 서로 몸을 꼭 붙인 채 몇 시간 동안 단잠을 청했다. 이들은 해 뜨기 전에 일어나서 다시 길을 떠났다. 뒤에서 추격해 오는 기미는 없었고, 제퍼슨 호프는 자신들이 무서운 조직의 손아귀에서 완전히 벗어났다고 생각하기 시작했다. 그는 저들이 무시무시한 손길을 어디까지 뻗을 수 있는지, 또는 얼마나 빠르게 쫓아와 자신들을 덮칠 수 있는지 알지 못했다.

길을 떠난 지 이틀째 되는 날 점심 무렵, 일행이 가지고 온 빈약한 식량이 바닥나게 되었다. 산길이 아직 많이 남았기 때문에 젊은 사냥꾼은 약간 불안을 느꼈다. 그는 전에도 소총 한 자루에 목숨을 의탁했던 일이 자주 있었다. 그는 아늑한 곳을 찾아서 마른 나뭇가지를 모아 불을 지펴 부녀가 몸을 녹일 수 있게 해주었다. 이제 해발 1500미터 이상 되는 지점까지 올라왔기 때문에 공기가 차고 쌀쌀했던 것이다. 그리고 말들을 매어놓은 다음 루시에게 인사를 하고 총을 둘러메고 사냥감을 찾아 나섰다. 뒤를 돌아보니 부녀는 불을 쬐고 있었고, 세 마리의 짐승은 그 뒤에 꼼짝 않고 서 있었다. 이들의 모습은 곧 바위에 가려 보이지 않게 되었다.

호프는 3킬로미터가량 연달아 두 개의 골짜기를 지나갔지만 아무것도 찾지 못했다. 그러나 나무껍질에 남아 있는 흔적과 그 밖에 다른 표시를 보고 그는 이 근처에 곰이 많다고 판단했다. 두세 시간 동안 아무 소득 없이 돌아다니다가 이만 포기하고 돌아갈까 하고 생각했을 무렵이다. 불쑥 튀어나온 벼랑 끝에 우연히 시선이 닿은 그는 가슴이 설레는 것을 느꼈다. 100미터쯤 위의 벼랑에 양과 흡사하지만 거창한 뿔 한 쌍을 달고 있는 짐승이 서 있었다. 사람들이 '큰뿔'이라고 부르는 짐승은 이곳에서는 보이지 않는 무리의 보초병 노릇을 하는 중인 듯했다. 그러나 다행히도 그것은 반대편을 보고 있어서 사냥꾼의 존재를 알아채지 못했다. 호프는 바닥에 배를 깔고 엎드린 채 소총을 바위에 올려놓고 한참 동안 신중하게 조준한 다음 방아쇠를 당겼다. 큰뿔은 허공으로 튀어 올랐다가 잠시 벼랑 끝에서 비틀거리더니 계곡 아래로 추락했다.

짐승은 들기도 어려울 만큼 무거웠다. 그래서 사냥꾼은 엉덩이 한쪽과 허릿살 약간을 떼어내는 데 만족했다. 그는 전리품을 둘러메고 서둘러 길을 되밟아 오기 시작했다. 벌써 저녁때가 가까워지고 있었다. 그러나 그는 돌아가는 길이 쉽지 않으리라는 걸 곧 깨달았다. 사냥에만 정신이 팔려서 돌아다니다가 생판 모르는 골짜기로 들어오는 바람에 어느 길로 왔는지가 기억나지 않았던 것이다. 지금 있는 골짜기는 여러 개의 작은 골짜기로 나뉜 다음 또 나뉘었고, 골짜기 하나하나는 서로 구분하기 힘들 정도로 비슷했다. 그는 그중 하나를 1.5킬로미터 이상 따라 내려가보고 한 번도 본 적 없는 계류(溪流)를 만난 다음에야 자신이 잘못 왔음을 깨달았다. 다음 골짜기로 내려가봤지만 결과는 마찬가지였다. 땅거미가 빠르게 내리고 있었다. 낯익은 길을 겨우 찾아낸 것은 사위가 거의 어두워진 다음이었다. 그다음에도 길을 제대로 찾아가는 것은 쉬운 일이 아니었다. 아직 달이 뜨지 않은 데다가 길 양쪽의 절벽 때문에 어둠이 더욱 깊었기 때문이다. 제퍼슨 호프는 짐의 무게에 눌리고 몸도 피곤했지만 한 발짝 걸을 때마다 루시에게 점점 더 가까워진다는 생각으로 비틀거리며 나아갔다. 지금 가져가는 것으로 남은 여행 기간 동안 식량 걱정은 없을 터였다.

　이제 그는 자신이 떠나온 바로 그 길에 도착했다. 어둠 속에서도 그는 길 양쪽 절벽의 낯익은 윤곽을 알아볼 수 있었다. 자신이 총을 들고 떠난 지 거의 다섯 시간이 다 되는 까닭에 그는 두 사람이 불안하게 기다리고 있으리라고 생각했다. 그는 기쁜 마음에 손나팔을 만들고 큰 소리로 "야호!" 하고 외쳤다. 그리고 대답을 듣기 위해 걸음을 멈추었지만 들리는 것은 자신의 목소리뿐이었다. 그의 외침 소리는 적막하고 고요한 골짜기에 부딪혀 수많은 메아리가 되어 돌아왔다. 그는 아까보다 더 크게 소리 질렀지만 두고 온 친구들에게선 일언반구의 응답도 없었다. 형언할 수 없는 불안이 엄습해 왔다. 그는 귀중한 식량마저 내던지고 미친 듯이 달려갔다.

길모퉁이를 돌자 모닥불을 피워놓은 곳이 한눈에 들어왔다. 그 자리에는 아직도 불씨가 남아 있었지만 그가 떠나고 난 뒤 불을 더 땐 흔적은 없었다. 그곳에는 온통 죽음 같은 정적만이 감돌고 있었다. 두려움은 이제 어떤 확신으로 바뀌었다. 모닥불 근처에 생명의 그림자는 없었다. 짐승들도 노인도 소녀도 모두 사라지고 말았다. 그가 자리를 비운 동안 어떤 무서운 재앙이 덮쳐 온 것이 틀림없었다. 그것은 그곳에 있던 모두를 덮쳤지만 아무런 흔적도 남겨놓지 않았다.

제퍼슨 호프는 충격적인 현실 앞에 머릿속이 아득해지는 것을 느꼈다. 그는 털썩 주저앉을 것만 같아서 소총에 몸을 기댔다. 그러나 본디 행동하는 인간형이었던 그는 일시적인 마비 상태에서 빠르게 깨어났다. 잿더미 속에서 반쯤 탄 나뭇조각을 집어 든 그는 입김을 후후 불어서 불씨를 살려냈다. 그리고 불붙은 나뭇가지를 들고 작은 야영지를 살피기 시작했다. 바닥은 온통 말 발자국으로 뒤덮여 있었다. 무수한 인마가 들이닥친 것이 틀림없었다. 말 발자국의 방향은 이들이 다시 솔트레이크시티로 돌아갔다는 것을 말해 주고 있었다. 이들은 부녀를 다 데리고 간 것일까? 거의 그런 확신이 들 무렵, 그는 땅 위에서 어떤 물체를 보고 심장이 멎는 듯했다. 야영지에서 약간 떨어진 곳에 붉은 흙더미가 봉긋이 쌓여 있었는데 그것은 분명히 그 자리에 없던 것이었다. 그것은 새로 만든 무덤이 틀림없었다. 젊은 사냥꾼은 흙더미 위에 막대가 하나 꽂혀 있는 것을 보았다. 막대의 갈라진 가지 사이에 종이 한 장이 끼워져 있었다. 그 종이에는 다음과 같은 글이 간단하게 쓰여 있었다.

존 페리어,
솔트레이크시티 출신.
1860년 8월 4일 사망.

그가 여기 두고 간 고집 센 노인은 이미 이 세상 사람이 아니었고, 이것이 그의 묘비명이었다. 제퍼슨 호프는 미친 사람처럼 무덤

이 더 있는지 찾아보았으나 그런 것은 눈에 띄지 않았다. 무서운 추적자들은 루시가 정해진 운명대로 살도록, 장로 아들의 첩으로 만들기 위해 데려간 것이다. 호프는 애인의 운명이 불 보듯 뻔하다는 것과 자신에게는 그것을 돌이킬 힘이 없다는 것을 깨달았다. 차라리 죽어서 늙은 농부의 곁에 누워 영원히 안식하고픈 심정이었다.

그러나 그의 활발한 정신은 다시 절망에서 솟아난 무력감을 떨쳐버렸다. 자신에게 남아 있는 것이 아무것도 없다 해도 최소한 복수에 평생을 걸 수는 있었다. 제퍼슨 호프에게는 불굴의 인내와 끈기뿐 아니라 인디언들과 생활하며 배운 한결같은 복수심이 있었다. 그는 적막한 야영지에 서서, 자신의 슬픔을 달래줄 수 있는 것은 자신의 손으로 직접 원수를 처단하는 철저한 복수뿐이라고 생각했다. 그는 강한 의지와 지칠 줄 모르는 정력을 이 한 가지 목적에만 쏟으리라 결심했다. 그는 하얗게 질린 얼굴로 아까 떨어뜨렸던 고기를 주워 왔고 연기만 피어오르는 모닥불을 되살렸다. 그리고 며칠간 버틸 수 있게 해줄 만큼의 고기를 불에 익혔다. 그는 이것을 작은 꾸러미로 만든 다음, 몸은 피곤했지만 복수의 천사를 뒤쫓기 위해 다시 산길을 탔다.

닷새 동안, 그는 아픈 발을 이끌고 말을 타고 지나온 길을 기를 쓰고 되돌아갔다. 밤에는 바위틈에 웅크리고 몇 시간 눈을 붙였다. 하지만 항상 날이 밝기 전에 길을 떠났다. 엿새째 되는 날, 그는 셋이서 불운한 도주를 시작한 독수리 계곡에 도착했다. 그곳에서는 성도들의 마을이 내려다보였다. 지칠 대로 지친 그는 소총에 몸을 기댄 채 발아래 펼쳐진 넓고 조용한 시가지를 내려다보고 뼈와 가죽뿐인 손을 부르르 떨었다. 큰 도로 몇 군데에는 무슨 축제의 표시인 양 깃발이 휘날리고 있었다. 저 깃발이 도대체 무슨 의미인지 생각하고 있을 때 말발굽 소리가 들려왔다. 저쪽에서 말 탄 사내가 다가오고 있었다. 호프는 말 탄 사내가 카우퍼라는 이름의 모르몬교도라는 사실을 알아보았다. 전에 그 사내를 몇 번 도와준 적이 있었다. 카우퍼가 가까이 왔을 때, 호프는 루시 페리어가 어떻게 됐는지 알아볼 작정으로 앞으로 썩 나섰다.

"난 제퍼슨 호프요. 날 기억하시겠지."

모르몬교도는 깜짝 놀란 얼굴로 청년을 바라보았다. 다 떨어진 옷에 새 둥지 같은 머리, 그리고 유령같이 하얀 얼굴에 두 눈만 번쩍거리는 이 방랑자가 정말 과거의 멋쟁이 사냥꾼 청년이 맞단 말인가. 그러나 마침내 그의 모습을 알아본 사내는 대경실색했다.

"여기가 어디라고, 당신 미쳤소?"

사내는 외쳤다.

"당신과 얘기하다 남한테 들키기라도 하는 날에는 난 살아남지 못할 거요. 장로 회의에서는 페리어 부녀의 탈출을 도운 죄로 당신에게 체포령을 내렸소이다."

"난 장로 회의도 체포령도 두렵지 않소."

호프는 뜨거운 목소리로 말했다.

"카우퍼, 당신은 그 일에 관해 뭔가를 알고 있을 거요. 부디 너그러운 마음으로 내 물음에 대답해 주시오. 우린 항상 친구였잖소. 제발, 거절하지 마시오."

"알고 싶은 게 뭐요?"

사내는 불안한 듯 물었다.

"빨리 얘기해요. 바위에도 귀가 있고 나무에도 눈이 있다고 하더이다."

"루시 페리어는 어떻게 됐소?"

"그 여자는 어제 드리버 가문의 자제와 혼례를 치렀소. 여보, 정신 차리시오, 정신 차려요. 얼굴에 핏기가 하나도 없소이다."

"난 괜찮소."

호프는 들릴락 말락 하게 말했다. 그는 입술까지 하얘져서 방금 전까지 몸을 기대고 있던 바위에 털썩 주저앉았다.

"혼례를 치렀다고 했소?"

"어제 예를 올렸소. 길가에 깃발이 내걸린 건 그것 때문이지요. 드리버와 스탠거슨 가문의 자제들이 누가 여자를 차지할 것인가를 놓고 다툼을 벌였다 하오. 둘 다 추격대에 끼었지만 스탠거슨이 여자의 아버지를 쏘아 죽였기 때문에 우선권은 스탠거슨에게 있는 것 같았소. 하지만 공개적으로 회의에 부쳤을 때, 드리버 가문의 세가 더 강했는지 선지자께서는 여자를 드리버에게 주었소. 하지만 누구도 여자를 오래 차지할 수는 없을 거요. 어제 나는 여자의 얼굴에서 죽음을 보았으니까. 여자는 사람이라기보다는 유령에 가까워 보였소. 이젠 떠나시려고?"

"예, 떠납니다."

제퍼슨 호프는 몸을 일으키며 말했다. 그의 얼굴은 대리석을 깎아놓은 듯이 딱딱하게 굳어 있었지만 두 눈에선 심상치 않은 빛이 쏟아져 나왔다.

"어디로 가시오?"

"알 것 없소."

호프는 이렇게 대답하고 소총을 어깨에 둘러멨다. 그리고 성큼성큼 골짜기 아래로 내려가 사나운 짐승들이 득실거리는 산속으로 사라져버렸다. 그러나 그 산에서 그보다 사납고 위험한 짐승은 없었다.

카우퍼의 예언은 너무도 정확하게 실현되었다. 아버지의 비참한 죽음이 원인이었는지, 아니면 증오하는 남자와의 억지 결혼이 원인이었는지는 모르지만, 가엾은 루시는 활짝 꽃피어 보지도 못하고 시름시름 앓다가 한 달도 안 돼 죽고 말았다. 술독에 빠져 사는 루시의 남편은 애당초 존 페리어의 재산을 노리고 결혼했던지라 신부의 죽음에 대해 별로 슬퍼하지도 않았다. 하지만 드리버의 다른 아내들은 진심으로 슬퍼했고, 모르몬교의 관습대로 장례식 전날 밤 루시의 영구 앞에서 밤을 새웠다. 새벽녘이었다. 여자들이 관 주위에 둘러앉아 있는데, 갑자기 문이 벌컥 열리더니 누더기를 걸치고 새카맣게 그을린, 얼굴이 매서워 보이는 사내 하나가 성큼성큼 방안으로 들어섰다. 그는 말할 수 없이 놀라고 겁에 질린 여자들은 거들떠보지도 않고, 한때 루시 페리어의 순결한 영혼을 담았지만 이제는 말없이 누워 있는 하얀 시신 곁으로 다가갔다. 그는 몸을 굽혀

싸늘하게 식은 이마에 경건하게 입술을 가져다 댔다. 그리고 시신의 손에서 결혼반지를 빼냈다.

"이걸 낀 채 땅에 묻히게 만들진 않을 것이다."

그는 무섭게 일갈하고, 미처 경보를 울리기도 전에 문밖으로 사라졌다. 너무도 순간적으로 일어난 이상한 일이라 신부가 끼고 있던 금반지만 사라지지 않았다면 그 자리에 있었던 사람들은 제 눈을 의심했을 뿐 아니라 다른 사람들을 납득시키기도 어려웠을 것이다.

제퍼슨 호프는 몇 달 동안 산속에서 들짐승처럼 생활하며 마음속 깊이 복수심을 불태웠다. 그 도시에서는 이상한 사람이 교외를 헤매고 다니는가 하면, 인적 없는 산골짜기에 자주 나타난다는 이야기들이 떠돌았다. 한번은 스탠거슨의 집 창문으로 총알이 날아와서 그에게서 30센티미터도 떨어지지 않은 벽에 박힌 적이 있었다. 또 드리버가 어느 절벽 아래를 지나는데 큰 바위 하나가 굴러 내려 깔려 죽을 뻔한 적이 있었다. 두 젊은 모르몬교도는 오래지 않아 자신들이 죽을 뻔한 이유를 알게 되고, 적을 찾아 없애기 위해 원정대를 조직해서 산속으로 들어갔다. 그러나 원정대는 번번이 목표 달성에 실패하고 말았다. 그래서 이들은 어두워진 다음에, 그리고 혼자서는 절대로 밖에 나가지 않고, 집에 경비를 세워두는 조심성을 발휘하게 되었다. 그들의 적수가 더 이상 나타나지 않고 그에 관한 소문도 들려오지 않게 된 한참 뒤에야 이들은 경계를 풀었다. 이들은 세월이 그의 원한을 달래주기를 희망했다.

그러나 세월이 흐를수록 제퍼슨 호프는 더욱 원한에 사무쳤다. 그는 원래 강직하고 완고한 사람이었는데, 이제는 복수에 대한 일념으로 가득 차서 마음속에 다른 감정이 비집고 들어갈 자리가 없었다. 그러나 무엇보다 그는 현실적인 인간이었다. 그는 자신이 아무리 무쇠 같은 몸을 타고났어도 이렇게 끊임없는 긴장을 버텨내지는 못할 것임을 곧 깨달았다. 노숙과 형편없는 식사로 인해 그의 몸은 몹시 쇠약해져 있었다. 산속에서 개처럼 죽는다면 누가 복수를 대신 해 줄 것인가? 이런 생활을 계속한다면 그렇게 죽고 말 것이 뻔했다. 호프는 그것은 적을 이롭게 할 뿐이라는 것을 알고 네바다의 옛 탄광으로 돌아갔다. 거기서 그는 건강을 회복하고 자신의 목표를 달성하는 데 필요한 만큼의 돈을 모을 작정이었다.

　애초의 의도는 길어봤자 1년간 탄광에서 일하는 것이었지만, 예상치 못한 사건들 때문에 그는 거의 5년간 탄광을 떠나지 못했다. 그러나 시간이 지날수록, 불행한 과거의 기억과 복수심은 존 페리어의 무덤가에 서 있던 그 잊을 수 없는 밤과 한가지로 강해졌다. 그는 변장하고 성명을 바꾼 다음 솔트레이크시티로 돌아갔다. 자신이 정의라고 알고 있는 것을 실현할 수만 있다면 목숨 따위는 어떻게 되든 좋았다. 그러나 그를 기다리고 있던 것은 흉보였다. 불과 몇 달 전, 선민들 사이에서 분열이 생겨 교회의 소장파들이 장로들의 권위에 반기를 들었다. 그 결과 불만을 품은 사람들 몇몇이 교회를 뛰쳐나갔는데 이들은 유타를 떠나며 기독교로 개종해 버렸다. 그중에는 드리버와 스탠거슨도 끼어 있었는데 아무도 이들의 행방을 몰랐다. 소문에 따르면 드리버는 그곳을 떠날 때 재산의 상당 부분을 현금으로 바꾸어 갔으나, 그의 친구 스탠거슨은 그에 비하면 거의 빈털터리였다고 했다. 그러나 이들의 행방에 태해서는 어떤 단서도 없었다.

  아무리 원한에 사무친 사람이라고 해도, 이러한 난관 앞에서는 복수의 집념을 버렸을 것이다. 그러나 제퍼슨 호프는 한순간도 머뭇거리지 않았다. 그는 약간의 돈을 지닌 채 원수를 찾아 미국 방방곡곡을 돌아다녔다. 그리고 틈틈이 일해서 돈을 벌었다. 한 해, 두 해 세월이 흘렀고, 검었던 머리에도 하얗게 서리가 내렸지만, 그는 여전히 평생을 걸고 오직 하나의 목표만을 쫓는 인간 사냥개로 떠돌아다녔다. 마침내 그의 끈기는 결실을 맺었다. 오하이오 주 클리블랜드에서, 창밖으로 어떤 얼굴이 스쳐 갔는데 제퍼슨 호프는 이렇게 언뜻 본 것만으로도 자신이 찾고 있는 사내들이 여기 있다는 사실을 단박에 알아차렸다. 그는 정교한 복수 계획을 마음속에 세워놓고 누추한 거처로 돌아왔다. 그러나 처음 그의 눈에 띄었던 드리버는 거리에서 추적자의 얼굴을 알아보았다. 드리버는 상대의 두 눈에 번득이는 살의를 보았다. 그는 재빨리 자신의 개인 비서 노릇을 하고 있는 스탠거슨을 데리고 치안 판사 앞으로 달려갔다. 그리고 질투와 증오심에 눈이 먼 옛 연적이 자신들의 목숨을 노리고 있다고 판사에게 고발했다. 그날 저녁 제퍼슨 호프는 연행되었고 신원 보증인을 세우지 못한 까닭에 몇 주일 동안 구금당했다. 구치소에서 겨우 나와보니 드리버의 집은 비어 있었고, 드리버와 개인 비서는 유럽을 향해 떠나고 없었다.

복수를 꿈꾸던 사나이는 또다시 실패했으나 증오심으로 똘똘 뭉친 그는 다시금 추적에 나섰다. 그러나 돈이 바닥났으므로 그는 다시 일을 시작했고, 다가올 여행을 준비하며 알뜰히 저축했다. 마침내 어느 정도 돈을 모은 그는 유럽으로 떠났고 원수들의 발자취를 쫓아 이 도시에서 저 도시로 옮겨 다녔지만 끝내 도망자들을 따라잡지는 못했다. 페테르부르크에 가보니 두 사람은 이미 파리로 떠난 뒤였고, 파리까지 쫓아갔을 때 둘은 방금 코펜하겐으로 떠나고 없었다. 덴마크의 수도에 도착했을 때 그는 다시 간발의 차이로 두 사람을 놓쳤다. 드리버와 스탠거슨은 런던으로 갔지만 제퍼슨 호프는 결국 거기서 원수를 찾아내는 데 성공했다. 그리고 런던에서 있었던 일에 대해서는 늙은 사냥꾼이 자진해서 털어놓는 이야기를 인용하는 것이 제일 나을 것이다. 그것은 왓슨 박사의 일기에 꼼꼼히 기록되어 있는데 우리는 이미 앞에서 박사가 기록한 일기 덕을 톡톡히 보았다.

의학 박사 존 왓슨의 회상 계속

마부의 무지막지한 저항이 그의 흉악한 기질의 발로가 아니라는 것은 분명했다. 일단 포박되자 그는 사람 좋은 웃음을 지으며 아까 격투를 벌이던 중에 누가 혹시 다치지나 않았는지 모르겠다고 걱정했다.

"나를 경찰서로 압송해 갈 작정이시겠지요."

마부는 셜록 홈즈에게 말했다.

"내 마차는 문 앞에 있소이다. 다리를 풀어준다면 아래층까지 걸어 내려가겠소. 내 몸은 예전처럼 가볍지 않으니 말이오."

그렉슨과 레스트레이드는 그 말이 다소 뻔뻔스럽다는 듯 서로의 얼굴을 마주 보았다. 그러나 홈즈는 포로의 말을 듣고 서슴없이 그의 발목을 묶은 수건을 풀어주었다. 마부는 일어서서 다리가 정말 자유로워졌는지 확인하려는 듯 이쪽저쪽으로 펴 보았다. 그때 나는 그의 모습을 눈여겨보면서 이렇게 늠름하고 단단한 체구를 가진 사람은 처음이라고 생각했다. 게다가 햇볕에 그을린 새카만 얼굴에는 육체적 힘만큼이나 무서운 결의와 에너지가 드러나 있었다.

"만약 경찰서장 자리가 비어 있다면 당신이야말로 적임자요."

마부는 찬탄을 숨기지 않은 얼굴로 나의 동료 하숙인을 바라보며 말했다.

"당신이 나를 추적한 방식은 정말 놀라웠소."

"두 분도 같이 가십시다."

홈즈는 두 형사에게 말했다.

"내가 마차를 몰겠소."

레스트레이드가 말했다.

"좋습니다! 그렉슨은 나랑 같이 마차에 타면 되겠군요. 그리고 박사도 같이 갑시다. 이 사건에 관심이 많았으니까 함께 가는 것도 괜찮을 겁니다."

나는 기쁘게 수락했고, 우리는 같이 아래층으로 내려갔다. 포로는 도망치려고 하지 않고 원래 자신의 것이었던 마차에 우리와 함께 조용히 올라탔다. 레스트레이드는 마부석에 앉아서 말을 채찍질하여 순식간에 우리를 경찰 본부로 데리고 갔다. 우리는 작은 방으로 안내되었다. 경사 하나가 우리가 데려온 범인의 이름과 피살자들의 이름을 적었다. 얼굴이 유난히 흰 경사는 감정을 드러내지 않고 사무적으로 맡은 바 임무를 처리했다.

"피고인은 이번 주 안에 재판에 회부될 겁니다."

경사는 말했다.

"그리고 제퍼슨 호프 씨, 무슨 할 말이 있으십니까? 당신이 하는 말은 기록될 것이고, 그것은 당신에게 불리한 증거로 사용될 수 있습니다."

"내겐 할 말이 아주 많소."

제퍼슨 호프는 느릿느릿 말했다.

"나는 여기 계신 신사분들 앞에서 그 얘기를 하고 싶소이다."

"법정에서 말하는 게 낫지 않겠습니까?"

경사가 물었다.

"난 법정에 서지 않을 거요."

호프는 대답했다.

"그렇다고 놀랄 필요는 없소이다. 내가 자살 따위를 생각하고 있는 건 아니니까. 당신은 의사요?"

그는 마지막 말을 하며 쏘는 듯한 눈길을 내게 돌렸다.

"그렇습니다만."

나는 대답했다.

"그럼 여기를 좀 만져보시오."

그는 빙그레 웃으며 수갑 찬 손으로 자신의 가슴께를 가리켰다.

나는 그의 가슴에 손을 올려놓았다. 가슴 안쪽에서 단박에 심상치 않은 맥박과 고동이 감지되었다. 그의 흉벽(胸壁)은 약한 건물 내부에서 강력한 엔진이 작동할 때처럼 떨며 요동치고 있는 듯했다. 방 안에 있는 사람들이 일제히 침묵한 가운데, 나는 심장에서 벌이 윙윙거리는 듯한 소음이 나는 걸 들을 수 있었다.

"이럴 수가!"

나는 외쳤다.

"이건 대동맥 동맥류입니다(동맥류란 동맥 내벽이 국부적으로 혹처럼 확장된 상태. 악화되면 파열되어 대출혈을 초래한다 —옮긴이)!"

"의사들이 그렇게 말하더군요."

호프는 평온하게 말했다.

"나는 이것 때문에 지난주에 병원에 갔소. 의사는 조만간 동맥류가 터질 가능성이 높다고 하더군요. 나이가 들면서 병이 점점 악화된 거요. 솔트레이크 산 속에서 먹을 것을 제대로 못 먹고 노숙하다가 그 병을 얻었지요. 나는 이제 할 일을 끝냈으니 언제 떠나도 여한이 없소이다. 하지만 내가 한 일에 대해서 약간의 설명을 해두고 싶소. 보통 살인자로 기억되고 싶지는 않으니까 말이오."

경사와 두 형사는 범인에게 이야기할 기회를 주는 것이 좋은지 여부에 대해 잠시 의논했다.

"박사님, 조만간 위험한 상태가 될 거라고 보십니까?"

경사가 물었다.

"그럴 가능성이 대단히 높습니다."

나는 대답했다.

"그렇다면 사법적 관점에서 피고의 진술을 청취하는 것이 우리의 의무임에 틀림없습니다."

경사가 말했다.

"이제 자유롭게 말씀하십시오. 다시 한번 경고하는 바이지만 당신의 진술은 기록될 것입니다."

"괜찮다면 여기 앉겠소."

호프는 의자에 앉으며 말했다.

"이 동맥류 때문에 나는 쉽게 피곤을 느끼지요. 게다가 반 시간 전에는 몸싸움까지 했으니 말이오. 나는 한 발은 벌써 무덤에 들여놓은 거나 마찬가지이기 때문에 거짓말을 할 이유가 없소. 내가 하는 얘기는 완벽한 진실이오. 그리고 당신들이 내 얘기를 어떻게 이용하는지는 내게 중요한 문제가 아니오."

제퍼슨 호프는 의자에 몸을 기댄 채 세상에서 가장 기이한 이야기를 시작했다. 그는 아주 흔한 얘기를 하듯이 시종 담담하게 말했다. 나는 다음에 옮긴 이야기의 정확성을 보증할 수 있다. 왜냐하면 나는 레스트레이드의 속기 노트를 참고했는데, 거기에는 죄수가 한 말이 한 글자도 틀리지 않고 그대로 적혀 있기 때문이다.

"내가 그자들을 얼마나 증오하는지는 별로 중요한 일이 아닐 거요."

호프는 말했다.

"그들이 두 사람의 죽음에 책임이 있다는 사실만으로 충분하오. 두 사람은 한 부녀의 목숨을 빼앗았소. 그들이 범죄를 저지른 뒤 너무도 오랜 세월이 흘렀기 때문에, 나는 어떤 법정에서도 그들의 유죄를 입증할 수 없게 되었소. 하지만 나는 두 인간의 죄를 알고 있었기 때문에 나 스스로 판사이며 배심원이며 집행자가 되기로 결심했소. 당신들도 나 같은 처지에 있었다면, 그리고 조금이라도 사내다운 마음을 간직하고 있었다면 나와 똑같은 행동을 했을 거요.

내가 말했던 그 소녀는 20년 전에 나와 결혼하기로 약속한 몸이었소. 그런데 드리버라는 자와 강제로 혼인했고 그 때문에 상심해서 죽었소. 나는 죽은 여자의 손가락에서 결혼반지를 빼냈고, 그자가 최후의 순간을 맞을 때 그 반지를 보여줘서 자신이 저지른 죄를 마지막으로 기억하게 해주겠노라고 맹세했소. 나는 그 반지를 한시도 몸에서 떼놓지 않았고 미국과 유럽 대륙에서 드리버와 그 비서 놈을 쫓아다니다가 마침내 놈들을 잡게 된 거요. 그자들은 내가 지쳐 떨어져 나가기를 바랐겠지만 그것은 가당치 않은 바람이었지. 나는 내일 당장 죽는다 해도, 내가 이 세상에서 할 일을 다 했다는 걸 알고 있소. 나는 이 손으로 두 인간을 처단했소. 내게는 더 이상 아무 희망도 미련도 남아 있지 않소.

두 놈은 부자였지만 나는 가난했소. 그래서 둘을 쫓는 것은 내게 쉬운 일이 아니었지요. 런던에 도착했을 때 나는 빈털터리였고 그래서 먹고살자면 뭔가 일을 해야만 했소. 내게 말을 몰고 마차를 끄는 일은 걷는 것처럼 자연스러운 일이었기 때문에 나는 마차주의 사무실에 가서 일자리를 부탁했고 곧 일을 하게 되었소. 나는 일주일에 얼마씩 정해진 금액을 마차주에게 갖다주고 나머지 번 돈은 내가 가질 수 있었소. 남는 것은 별로 없었지만 근근이 생활할 수는 있었지요. 제일 어려웠던 점은 런던의 지리를 모른다는 거였소. 내 생각에 런던은 세계에서 제일 복잡한 미로를 갖고 있는 도시요. 하지만 나는 지도를 옆에 갖다 놓고 중요한 호텔이나 역을 찾을 때마다 꼼꼼히 기억해 두었소.

두 놈의 거처를 알아낸 것은 시간이 좀 흐른 다음이었소. 나는 두 놈을 찾아낼 때까지 계속 묻고 다녔소. 둘은 강 저쪽에 있는 캠버웰의 어느 하숙집에서 살고 있었소. 일단 놈들을 찾아내자 나는 그들이 내 손아귀에 들어왔다는 사실을 알았지요. 나는 그사이에 턱수염을 길렀기 때문에 두 놈이 날 알아볼 가능성은 없었소. 나는 기회를 잡을 때까지 둘을 따라다니기로 했소. 나는 다시는 놓치지 않겠노라고 결심했소이다.

그래도 나는 두 놈을 놓칠 뻔했지. 둘이 어디를 가든 나는 항상 뒤를 따라다녔소. 어떤 때는 마차로, 또 어떤 때는 걸어서 따라다녔는데 좋기로는 마차가 제일이었소. 마차만 탔다 하면 그자들은 내게서 도망칠 수 없었으니까 말이오. 그래서 일은 이른 아침이나 밤 늦게 할 수밖에 없었소. 사무실에 입금해야 할 돈이 밀리게 되었지요. 하지만 나는 개의치 않았소. 그자들을 붙잡을 수만 있다면 그것으로 좋았던 거요.

하지만 놈들은 아주 교활했소. 놈들은 자신들이 추적당할 가능성이 있다고 생각했던 게 틀림없소. 왜냐하면 절대로 혼자서는 외출하는 법이 없었으니까. 또 밤에도 밖에 나가는 법이 없었소. 2주일 동안 나는 그자들을 매일 따라다녔지만 그자들이 따로 있는 걸 한 번도 보지 못했지요. 드리버라는 자는 하루 중 절반은 술에 취해 있었지만 스탠거슨은 잠시도 허점을 보이지 않았소. 나는 아침부터 밤까지 그자들을 지켜보았지만 기회는 찾아오지 않았소. 하지만 나는 실망하지 않았는데, 때가 가까워졌다는 걸 직감했기 때문이오. 단 한 가지 걱정거리는 내 가슴속에 든 이것이 할 일을 마치기도 전에 너무 빨리 터져버릴지도 모른다는 거였소.

그러던 어느 날 저녁 무렵 그 하숙집이 있는 토키 테라스의 거리를 마차로 왔다 갔다 하고 있는데 마차 하나가 그 집 문 앞에서 서는 게 보였소. 마차는 집 안에서 내온 짐을 싣고 잠시 후에 드리버와 스탠거슨까지 태우고 출발했소. 나는 말에 채찍질을 해서 뒤를 따라갔소. 나는 그자들이 숙소를 옮길지도 모른다고 생각했기 때문에 정말 불안했소이다. 놈들은 유스턴 역에서 내렸고, 나는 아이 하나를 불러서 내 말을 붙잡고 있게 한 다음 놈들을 따라 대합실로 들어갔소. 놈들이 리버풀행 기차가 있느냐고 묻자 역무원은 방금 기차가 떠났고 다음 기차는 몇 시간 뒤에 있다고 대답했소. 스탠거슨은 그 말을 듣고 실망한 기색이 역력했지만 드리버는 오히려 좋아했소. 나는 사람들 틈에 섞여 그자들 가까이에 서 있었기 때문에 둘 사이에서 오가는 얘기를 죄다 들을 수 있었지요. 드리버는 자신은 할 일이 좀 있으니 기다려주면 금방 다시 오겠다고 말했소. 비서는 드리버에게 둘이 같이 붙어 다니기로 결심한 일을 벌써 잊어버렸느냐고 따지고 들었소. 드리버는 사안이 예민한 것이니 자기 혼자서 가봐야겠다고 대답했소. 스탠거슨이 그 말을 듣고 뭐라고 대답했는지는 모르겠지만, 드리버는 욕설을 퍼부으면서 고용 하인인 주제에 나한테 감히 명령하려 드느냐고 소리소리 질렀소. 그러자 비서는 어쩔 수 없다고 생각했는지 막차를 놓치면 핼리데이 프라이빗 호텔로 와서 자신을 찾으라는 타협안을 내놓았지요. 드리버는 열한 시 전까지는 기차역으로 돌아오겠다고 대답하고 역을 나섰소.

그토록 오랫동안 기다려온 때가 마침내 도래한 거요. 원수들은 내 수중에 떨어졌소. 놈들은 같이 있을 때는 서로 보호해 줄 수 있었지만 일단 혼자가 되자 무력해졌소. 하지만 섣부른 행동은 금물이었지. 나는 이미 계획을 다 세워놓고 있었다오. 만약에 놈들이 자신을 공격한 사람이 누구이고 또 자신이 왜 보복을 당하는지 그 이유를 모른다면 복수를 한들 무슨 만족을 느낄 수 있겠소. 내가 세워놓은 계획에 따르면 놈들은 과거에 저지른 죗값을 받는다는 사실을 알아야 했소. 그런데 그 일이 있기 며칠 전에, 나는 어떤 신사 양반을 태운 적이 있었는데 그 양반은 브릭스턴로의 집들을 둘러보고 마차에 집 열쇠를 하나 놓고 내렸소. 그 양반은 그날 저녁때 바로 열쇠를 찾아갔소이다. 하지만 나는 그사이에 열쇠의 본을 떠놓았다가 그걸 복제할 수 있었지요. 그 열쇠 하나로 나는 이 대도시에서 내 맘대로 쓸 수 있는 적어도 하나의 공간을 갖게 된 거요. 당장 해야 할 일은 드리버를 그 집으로 데려가는 거였는데 그건 쉽지 않은 일이었소.

그자는 길을 가다가 술집 두어 곳에 들렀소. 두 번째 술집에서는 거의 반 시간 정도 있다가 나왔지요. 거기서 나왔을 때 그 비틀거리는 걸음걸이로 보아 그자는 만취한 것이 틀림없었소. 그자는 내 앞에서 가고 있던 이륜마차를 잡아탔소. 나는 처음부터 끝까지, 내 말의 주둥이가 그자가 탄 마차를 모는 마부 옆으로 1미터를 벗어나지 않을 정도로 바짝 따라붙었소. 우리는 워털루 다리를 건너 몇 개의 거리를 지나갔소. 그런데 놀랍게도 마차가 멈춘 곳은 그자가 살던 바로 그 하숙집 앞이었소. 대관절 그자가 무슨 생각으로 그 집에 되돌아간 건지 나는 도통 알 수가 없었소. 어쨌든 나는 그 집에서 100미터 정도 되는 거리에서 마차를 세웠소. 그자는 그 집에 들어갔고 이륜마차는 가버렸소. 그런데 물 한 잔만 주시오. 말을 하다 보니 목이 타는구려."

내가 물 잔을 건네주자 그는 단숨에 물을 들이켰다.

"좀 낫군요."

그는 말했다.

"나는 그 앞에서 15분 정도 기다렸소. 그런데 갑자기 사람들이 집 안에서 싸우는 소리가 들려오더군요. 그러더니 현관문이 활짝 열리고 두 남자가 나왔소. 한 사람은 드리버였고, 다른 한 사람은 생전 처음 보는 청년이었지요. 청년은 드리버의 멱살을 잡더니 계단 꼭대기에서 그를 힘껏 걷어찼고 드리버는 길 한가운데까지 밀려 나왔소. '이 개 같은 자식!' 청년은 손에 든 몽둥이를 흔들면서 소리 질렀소. '정숙한 소녀를 모욕한 죄가 어떤 건지 가르쳐주마!' 청년은 몹시 흥분한 상태였는데 그 짐승만도 못한 놈이 걸음아 날 살려라 하고 도망치지 않았다면 청년에게 마구 두드려 맞았을 거요. 그자는 뒤뚱거리며 달려오다가 내 마차를 보더니 재빨리 올라탔소. '헬리데이 프라이빗 호텔로 갑시다.' 그자가 말했소.

그자가 내 마차에 타자 내 가슴은 기쁨으로 터져 나갈 듯했고, 나는 마지막 순간에 와서 동맥류가 파열되는 게 아닐까 두려울 정도였소. 나는 어떻게 하는 것이 가장 좋을지 궁리하며 천천히 말을 몰았소. 나는 곧장 교외로 나가서 한적한 길에 마차를 세워놓은 다음 그자와 마지막 대화를 나눌까 하고 생각했소. 그런데 그렇게 하기로 거의 마음을 굳혔을 때 그자가 해결책을 제시했소. 또다시 견딜 수 없이 술이 고팠던 드리버는 어느 싸구려 술집 앞에서 마차를 세우라고 지시했소. 그러더니 나에게 기다리라고 하고 술집으로 들어갔소이다. 그자는 폐점 시간까지 있다가 나왔는데 머리 꼭대기까지 술이 오른 걸 보고 나는 게임은 끝났다는 걸 알았소.

내가 그자를 무자비하게 죽일 생각을 하고 있었다고 생각하진 마시오. 내가 그렇게 했다면 그것은 융통성 없는 정의에 지나지 않았을 거요. 애당초 난 그렇게 할 생각이 없었소. 나는 오래전부터 그자의 선택에 따라서는 그자가 이길 수도 있는 게임을 하려고 결심하고 있었소. 나는 미국에서 유랑 생활을 하는 동안 수많은 직업을 전전했는데, 한번은 요크 대학의 실험실에서 수위 겸 청소부 노릇을 한 적이 있었소이다. 어느 날 교수가 독극물 강의를 하면서 남아메리카에서 쓰이는 화살 독에서 추출해 낸 알칼로이드인가 하는 것을 보여준 적이 있었소. 교수는 그 독이 극미량으로 사람을 즉사시킬 수 있는 강한 독작용을 갖고 있다고 했소. 나는 그 병을 눈여겨보아 두었다가 사람들이 없는 틈을 타서 소량을 덜어냈지요. 나는 약의 조제 기술이 꽤 좋았기 때문에 그 독물을 작은 수용성 알약으로 만들어낼 수가 있었소이다. 나는 그 알약을 하나씩 상자에 담고 생김새는 똑같지만 독성은 없는 알약을 만들어서 같이 넣어두었소. 나는 기회가 오면 두 신사에게 이 알약 상자를 하나씩 안기고 약을 한 알 꺼내게 한 다음 남은 알약은 내가 먹겠노라고 결심하고 있었소. 나는 그것이 손수건으로 총구를 감싸고 총을 쏘는 것보다 훨씬 덜 시끄럽지만 그에 못지않게 치명적인 방법이라고 생각했소. 그때부터 나는 항상 약상자 두 개를 몸에 지니고 다녔소이다. 그런데 그걸 써먹을 때가 온 거요.

시간은 열두시를 넘어 한시가 다 돼가고 있었소. 비바람이 몰아치는 춥고 음산한 밤이었지요. 밖은 추웠지만 나는 몹시 기뻤소. 너무 기쁜 나머지 덩실덩실 춤이라도 추고 싶었다오. 생각해 보시오.

20년간 오로지 한 가지 일만 생각하며 살아온 사람에게 갑자기 그 일이 닥쳐왔을 때 어떤 기분이 들겠는지 말이오. 나는 신경을 안정 시키기 위해 시가를 피워 물었소. 하지만 손은 떨렸고 관자놀이는 흥분으로 펄떡거렸지요. 나는 마차를 몰고 가는 동안 늙은 존 페리어와 사랑스러운 루시가 어둠 속에서 나를 쳐다보며 웃고 있는 모습을 볼 수 있었소. 지금 이 방에 있는 여러분의 모습처럼 아주 선명하게 말이오. 브릭스턴로의 그 집 앞에 도착할 때까지 두 사람은 내 앞에서 나란히 걸어갔다오.

인적이 끊긴 거리에는 비만 쏟아질 뿐 쥐 죽은 듯 조용했소. 창문으로 들여다보니 드리버는 술에 취해서 곯아떨어져 자고 있었지요. 나는 그자의 팔을 잡고 흔들면서 다 왔으니 내리라고 했소.

'알았네, 마부.' 드리버가 말했소.

그자는 자기가 말한 그 호텔에 도착한 줄 알았을 거요. 그랬으니까 군말 없이 마차에서 내려서 나를 따라 그 집 정원으로 들어섰겠지. 그자는 여전히 걸음걸이가 흔들거렸기 때문에 나는 옆에서 넘어지지 않도록 붙잡아줘야 했소. 나는 그 집 현관문을 열고 들어가 그자를 식당 방으로 끌고 들어갔소. 내 분명히 말해 두지만, 그동안에도 부녀는 계속 앞장서서 갔다오.

'더럽게 깜깜하군.' 드리버는 발을 구르며 말했소.

'곧 불을 켜주지.' 나는 말하고 성냥불을 켜서 내가 가져온 양초에 불을 붙였소. '자, 이노크 드리버.' 나는 그자를 향해 돌아서며 촛불로 내 얼굴을 비췄소이다. '내가 누구냐?'

드리버는 술에 취해 흐린 눈으로 내 얼굴을 쳐다보더니 사색이
된 채 온몸을 부들부들 떨기 시작했소. 나를 알아본 거요. 그자는 파
랗게 질린 얼굴로 뒷걸음질 치기 시작했소. 이를 딱딱 마주치고 이
마에서는 비 오듯 땀이 흘러내렸소. 그걸 보고 나는 문 앞에 서서
큰 소리로 오랫동안 웃어댔소. 나는 항상 복수를 하면 속이 시원할
거라고 생각했지만, 이렇게까지 내 영혼이 평화스러워질 줄은 몰
랐소.

나는 그자에게 이렇게 말했소. '이 개자식아! 나는 너를 쫓아서
솔트레이크시티에서 페테르부르크까지 정신없이 헤매고 다녔지만
그동안 너는 나를 잘도 피해 다녔다. 자, 이제 너의 도피 생활은 끝
났다. 우리 둘 중 하나는 내일 아침에 태양이 떠오르는 것을 보지
못할 것이다.' 그자는 내가 말하는 동안 계속 뒷걸음질 쳤소. 그자의
표정을 보니 내가 미쳤다고 생각하고 있는 게 분명했소. 사실 그때

나는 그랬소. 관자놀이에서 뛰는 맥박이 꼭 쇠망치로 내려치는 것 같았소. 그때 코피가 터지지 않았다면 나는 발작을 일으켜서 죽었을지도 모르오.

'너는 이제 루시 페리어에 대해 어떻게 생각하느냐?' 나는 문을 잠그고 그자의 코앞에서 열쇠를 흔들며 외쳤소. '시간이 좀 걸리기는 했지만 마침내 네가 죗값을 치를 날이 온 것이다.' 내가 말하는 동안 그자는 겁에 질려 입술을 바르르 떨었소. 그자는 목숨을 구걸하고 싶었겠지만 그래봤자 소용없다는 걸 잘 알고 있었소.

'사, 살인을 하려고?' 그자는 더듬거리며 말했소.

'살인이라니 당치도 않다.' 나는 대답했지. '누가 미친개를 살인한다고 하겠는가? 너는 그 아버지를 처참하게 살해한 뒤 딸을 끌고 갈 때, 그리고 여자를 끌어다가 파렴치하게도 너의 첩으로 삼을 때 나의 가엾은 여자에 대해 어떤 자비를 베풀었느냐?'

'아비를 죽인 건 내가 아니었소.' 그자는 이렇게 외쳤소.

'하지만 순진무구한 여자를 짓밟은 건 바로 너였다.' 나는 비명을 지르다시피 하며 그자 앞에 상자를 밀어놓았소. '하늘에 계신 높으신 판관께서 심판하도록 하자. 한 알을 골라서 삼켜라. 한 알에는 죽음이 들어 있고 다른 한 알에는 삶이 들어 있다. 나는 네가 남긴 것을 먹겠다. 지상에 정의가 있는지, 아니면 우리가 우연의 지배를 받고 있는 건지 한번 알아보자.'

드리버는 몸을 움츠리고 아우성을 치면서 자비를 구걸했소. 하지만 내가 칼을 빼 들고 목에 갖다 대자 그자는 시키는 대로 할 수밖에 없었소이다. 나는 남은 한 알을 삼켰소. 우리는 한 1분 정도 말 없이 마주 보고 서서 어느 한쪽이 죽기를 기다렸소. 독이 체내에 퍼지면서 최초의 이상 신호가 나타날 때 그자의 얼굴에 떠올랐던 표정……, 내가 어찌 그것을 잊을 수 있겠소? 나는 그 표정을 보고 웃음을 터뜨리며 루시의 결혼반지를 그자의 눈앞에 들이댔소. 하지만 그 순간은 너무도 짧았소. 알칼로이드는 신속하게 작용했소이다. 그자의 얼굴이 일그러지며 고통의 경련이 지나갔소. 그자는 두 팔을 벌리고 비틀비틀 걷다가 목쉰 비명을 지르더니 바닥에 쿵 소리를 내며 엎어졌소. 나는 발로 그자의 몸통을 돌려놓은 다음 가슴에 손을 대보았소. 아무런 움직임도 느껴지지 않았소. 그자는 뒈진 거요!

내 코에서는 벌써부터 피가 콸콸 쏟아지고 있었는데 나는 그 사실을 모르고 있었소이다. 내가 무슨 조화로 그 피를 찍어 벽에다 글씨를 쓸 생각을 했는지는 나도 모르오. 아마 장난기가 발동해서 경찰을 헷갈리게 만들고 싶었던 것 같소이다. 나는 그때 속이 시원하고 기분이 좋았으니까 말이오. 난 뉴욕에서 어느 독일인이 살해당한 사건을 기억해 냈소. 피살자의 머리 위에는 '라헤'라는 글이 남아 있었는데, 당시 신문에서는 그것을 보고 비밀 단체의 소행이 틀림없다고 주장했지요. 나는 뉴욕 사람들이 혼란을 일으켰다면 런던 사람들도 마찬가지일 거라고 생각하고, 내가 흘린 피를 손가락으로 찍어 벽에다 글씨를 썼소. 그런 뒤에 밖에 나가니 비는 여전히 주룩주룩 쏟아지고 있었고 거리엔 쥐새끼 한 마리 없었지요. 나는 마차를 몰고 한참 달리다가 항상 루시의 반지를 넣어두었던 주머니에 손을 넣어보고 반지가 없어졌다는 사실을 알았소. 나는 기겁을 했소. 그것은 루시가 남긴 단 하나의 유품이었기 때문이오. 나는 드리버의 시신 위로 몸을 굽혔을 때 반지를 떨어뜨렸을 거라고 생각하고 당장 마차를 돌렸소. 그리고 옆 골목에 마차를 세워놓고 대담하게 그 집으로 올라갔지요. 나는 그 반지를 되찾기 위해서라면 어떤 위험이라도 무릅쓸 각오가 되어 있었소. 하지만 거기 도착하자마자 경찰관에게 팔을 붙들렸소. 나는 고주망태가 된 술꾼 연기를 해서 경찰의 의심을 피할 수 있었지요.

이노크 드리버는 그렇게 최후를 맞았소. 그다음에 해야 할 일은 스탠거슨을 찾아서 존 페리어의 빚을 갚아주는 것이었지요. 나는 스탠거슨이 핼리데이 프라이빗 호텔에 투숙했다는 걸 알고 있었기 때문에 하루 종일 그 앞을 지켰지만 그자는 호텔 밖으로 코빼기도 내밀지 않았소. 드리버가 찾아오지 않자 어떤 의구심을 느꼈던 건지도 모르겠소. 스탠거슨이라는 자는 교활하기 짝이 없는 데다 항상 빈틈없이 경계하고 있었으니 말이오. 그자는 방 안에만 있으면 안전할 거라고 생각했겠지만 그건 큰 오산이었소. 나는 그자가 몇 호실에 들었는지를 곧 알아냈다오. 다음 날 새벽에 나는 호텔 뒤편의 좁은 길 위에 놓여 있던 사다리를 이용해서 창문을 통해 그의 방으로 침입했소. 나는 그자를 깨워서 오래전에 무고한 생명의 목숨을 빼앗은 죄에 대한 대가를 치러야 할 때가 왔다고 말해 주었소. 나는 드리버의 최후를 설명해 주고 두 개의 알약 중에서 하나를 선택할 수 있는 기회를 똑같이 제공했소. 그런데 그자는 살 수도 있는 기회를 뿌리치고 비호같이 덤벼들어서 내 목을 졸랐소. 그래서 나는 자기방어를 위해 그자의 가슴을 찔렀던 거요. 하지만 어느 쪽이든 결과는 마찬가지였겠지. 신의 섭리는 죄지은 자의 손이 독이 안든 약을 집어 드는 것을 절대로 허락하지 않으셨을 테니까 말이오.

난 더 이상 할 말이 없고, 할 일을 다 마쳤으니 마음이 편하오. 나는 미국으로 돌아갈 경비를 마련할 때까지 마부 일을 계속할 작정으로 마차를 몰았소. 그런데 오늘 아침 마차장에 나갔는데 누더기를 입은 아이 녀석 하나가 제퍼슨 호프라는 마부가 여기 있느냐고 묻더군. 그 아이는 베이커가 221B번지에서 어느 신사분이 내 마차를 찾고 있다고 했소. 나는 털끝만치도 의심하지 않고 따라나섰다가 여기 있는 이 젊은이한테 당한 거요. 이 젊은이가 덜컥 수갑을 채우는 솜씨는 내 평생 처음 보는 날렵한 기술이었소. 신사 여러분, 이제 내가 하고 싶은 말은 다 했소. 여러분은 나를 살인자로 여길 수도 있겠지만, 나는 스스로를 여러분과 똑같은 정의의 집행자로 생각하오."

사내의 이야기는 너무도 흥미진진했고, 그의 태도 또한 더할 나위 없이 인상적이었으므로 우리는 넋을 잃고 말없이 듣고만 있었다. 범죄에 얽힌 사연을 신물 나게 접해 본 형사들조차 사내의 이야기에 깊은 흥미를 느끼는 듯했다. 그가 말을 마친 뒤에도 우리는 한동안 침묵을 지켰다. 들리는 것이라곤 레스트레이드가 속기로 마지막 말을 받아 적느라 종이에 연필 긁는 소리뿐이었다.

"알고 싶은 게 하나 있습니다."

셜록 홈즈가 마침내 입을 열었다.

"우리 하숙집으로 반지를 찾으러 온 사람은 누구였습니까?"

사내는 내 친구를 보고 장난스럽게 눈을 찡긋했다.

"내 비밀을 털어놓을 수는 있소."

그는 말했다.

"하지만 다른 사람을 곤경에 빠뜨리고 싶지는 않소이다. 난 당신
이 낸 광고를 보고, 그게 함정일지도 모르지만 내가 원하는 반지를
되찾을 수도 있다고 생각했소. 내 사정을 아는 친구가 자진해서 가
주마고 했지요. 그 친구가 일을 깔끔하게 해냈다는 건 당신도 인정
하리라 믿소."

"그건 사실입니다."

홈즈는 진심으로 말했다.

"신사 여러분."

경사가 무거운 어조로 말했다.

"어쨌든 법 집행을 안 할 수는 없습니다. 목요일에 피고인은 치안
판사 앞으로 소환됩니다. 그리고 여러분도 법정에 출두해 주십시오.
그때까지 피고는 경찰의 보호를 받게 됩니다."

경사는 벨을 울렸고, 간수 두 명이 와서 제퍼슨 호프를 데리고 나
갔다. 나와 내 친구는 경찰서를 나와 베이커가로 돌아가기 위해 마
차를 잡아탔다.

결론

   우리 모두는 이미 목요일 날 법정에 출두해야 한다는 통지를 받은 바 있다. 그러나 목요일이 왔지만 우리가 증언할 기회는 주어지지 않았다. 더 높으신 판관께서 그 사건을 맡으셨고, 제퍼슨 호프는 준엄한 심판이 내려질 하늘의 법정으로 소환당했다. 그는 체포된 바로 그날 밤 동맥류가 파열되어 그다음 날 아침 감방에서 싸늘한 시체로 발견된 것이다. 그는 죽어가는 순간에도 자신이 마쳐놓은 일과 보람 있는 삶을 떠올린 듯 입가에 평온한 미소를 머금고 있었다.

   "그 사람이 죽은 걸 알면 그렉슨과 레스트레이드가 펄펄 뛰겠군요."

   다음 날 저녁, 얘기를 나누던 도중에 홈즈가 말했다.

   "이제 어디 가서 자랑을 늘어놓겠습니까?"

"두 형사가 범인을 체포하는 데 얼마나 중요한 일을 했기에요?"

내가 물었다.

"이런 세상에서 중요한 일은 뭐고 중요하지 않은 일은 뭐겠습니까."

내 친구는 씁쓸하게 말했다.

"문제는 자신이 한 일에 대해 사람들에게 어떻게 말하느냐이지요. 하지만 신경 쓰지 마십시오."

홈즈는 잠시 입을 다물고 있다가 좀 더 밝은 얼굴로 말했다.

"이번 수사 경험 자체가 나한테는 귀중한 것이었으니까요. 내 수사 파일에 이보다 더 흥미로운 사건은 없었습니다. 그 사건은 단순하긴 했지만 몇 가지 대단히 교훈적인 요소를 내포하고 있었지요."

"단순한 사건이라고요!"

나는 놀라서 소리 질렀다.

"예, 그렇습니다. 그렇게 말할 수밖에 없지요."

셜록 홈즈는 내가 놀라는 걸 보고 빙그레 웃으며 말했다.

"내가 몇 가지 지극히 상식적인 추리만으로 사흘 안에 범인을 밝혀낼 수 있었다는 것만 봐도 그 사건의 본질적인 단순성을 알 수 있지요."

"그건 사실입니다."

나는 말했다.

"이미 설명해 드린 적이 있지만, 특이한 요소는 사건을 어렵게 만드는 것이 아니라 오히려 사건 해결의 길잡이 역할을 해줍니다. 이런 문제를 해결하는 데 가장 중요한 것은 거꾸로 추리해 나갈 수 있는 능력이지요. 이것은 대단히 유용하고 쉽지만 사람들이 잘 연마하지 않는 능력입니다. 일상생활에서는 여러 가지 사실을 토대로 순차적으로 결론을 끌어내는 방식이 더 쓸모 있기 때문에 거꾸로 추리해 나가는 방식은 무시당하기 십상입니다. 종합적인 사고 능력을 가진 사람이 쉰 명 있다면 분석적인 사고 능력을 가진 사람은 한 명밖에 없는 형편이지요."

"솔직히 말하면……."

나는 말했다.

"무슨 말인지 이해하기가 쉽지 않군요."

"그럴 겁니다. 어디 한 번 더 자세히 설명해 보기로 하지요. 보통 사람들에게 많은 사실을 알려주면, 사람들은 결과를 예측해 낼 수 있습니다. 즉 많은 사실을 머릿속에 입력하면 그걸 가지고 어떤 결과가 나오리라는 것을 예상할 수 있다는 것이지요. 하지만 어떤 결과를 말해 주었을 때, 그러한 결과에 이르게 된 전 단계들을 마음속으로 더듬어낼 수 있는 사람은 드뭅니다. 이러한 능력이 바로 내가 말하는 역추리, 또는 분석적 사고라는 것이지요."

"알겠습니다."

나는 말했다.

"자, 이 사건은 결과가 주어져 있고, 그 밖에 모든 것은 알아서 찾아내야 하는 사건이었지요. 이제 내가 추리한 여러 단계에 대해 말씀드리겠습니다. 우선 맨 처음으로 돌아가봅시다. 박사도 알다시피 나는 걸어서, 어떤 선입견도 없는 백지와 같은 마음으로 그 집을 향해 다가갔습니다. 당연히 나는 맨 처음에 도로부터 살펴보았지요. 그리고 이미 설명해 드린 대로, 마차 바큇자국이 선명하게 남아 있는 것을 보고 밤사이에 그곳에 마차가 왔다 갔다는 사실을 알게 되었습니다. 바퀴 사이의 간격이 좁은 것으로 보아 개인 마차는 아닌 것이 분명했습니다. 런던의 일반 전세 마차는 신사들이 타는 브루엄에 비하면 바퀴 사이의 간격이 퍽 좁으니까요.

이것이 처음으로 거둔 수확이었습니다. 나는 그다음에 천천히 현관을 향해 걸어갔습니다. 마침 정원의 길은 발자국이 잘 남는 흙길이었지요. 박사의 눈에 그 길은 발자국으로 뒤덮인 진흙탕에 지나지 않았겠지만, 나의 훈련된 눈에는 진흙 표면에 남겨진 모든 발자국 하나하나가 다 의미를 가졌습니다. 수사 과학에서 발자국 추적만큼 중요하면서도 인정받지 못하는 분야는 없지요. 다행히도 나는 항상 발자국을 추적하는 일을 중요시했고, 숱한 훈련을 통해 그 일은 내게 제2의 천성 같은 것이 되었습니다. 나는 순찰 경관의 무거운 발자국을 보았습니다. 하지만 제일 먼저 정원을 지나간 두 사람의 발자국도 보였지요. 제일 먼저 찍힌 발자국을 알아내는 건 식은 죽 먹기였습니다. 왜냐하면 다른 발자국에 덮여 완전히 지워진 곳이 몇 군데 있었으니까요. 이렇게 해서 두 번째 단서를 잡은 겁니다. 야간의 침입자는 둘이었고, 한 사람은 키가 꽤 크고(보폭을 계산해서 알아냈지요.) 다른 한 사람은 좁고 우아한 구두 자국으로 보아 최신 유행의 옷차림을 한 신사였습니다.

집에 들어가자마자 이 추리가 옳다는 것이 확인되었습니다. 멋진 구두를 신은 사나이가 바닥에 누워 있었지요. 그렇다면 키 큰 사나이가 살인자였던 겁니다. 살인이 일어났다면 말이지요. 시신에는 아무 상처가 없었지만, 몹시 동요한 표정을 보니 죽기 전에 자신의 운명을 알았던 것이 틀림없었습니다. 심장병이나 그 밖에 자연적 원인으로 급사한 사람들은 결코 그런 표정을 짓는 일이 없으니까요. 시신의 입 냄새를 맡아보니 약간 시큼한 냄새가 났습니다. 나는 피살자가 반강제로 독을 마시고 죽었다는 결론을 내렸습니다. 내가 그렇게 생각한 것은 피살자의 얼굴에 증오와 두려움이 드러나 있기 때문이었지요. 나는 배제의 법칙에 의해 이러한 결론에 도달했습니다. 눈앞의 사실을 설명해 줄 수 있는 다른 가설은 없었지요. 이게 전대미문의 범죄라고 생각하지는 말아주십시오. 독을 강제로 먹이는 것은 범죄의 역사에서 새삼스러운 사건이 아니니까요. 우크라이나 오데사의 돌스키 사건, 프랑스 몽펠리에의 레투리에 사건은 웬만한 독물학자라면 누구나 알고 있는 사건들입니다.

자, 이제 범행 동기라는 큰 문제가 떠오릅니다. 없어진 것은 아무것도 없기 때문에 살인의 목적이 절도는 아니었습니다. 그러면 정치적인 동기나 여자 문제가 있었을까요? 그때 나는 이 두 가지 가능성을 함께 검토해 보았지만 전자보다는 후자 쪽이 더 가능성이 크다고 판단했습니다. 정치범들은 임무를 끝내면 재빨리 달아납니다. 그런데 이 사건의 범인은 반대로 아주 느긋하게 행동했고 온 방에 발자국을 남겨놓았습니다. 그것은 현장에서 오래 지체했다는 것을 나타내지요. 범행 동기는 정치적인 것이 아니라 사적인 원한이 분명했습니다. 사적인 원한에 의한 계획적인 복수였던 것이지요. 벽 위에 쓴 글씨가 발견되었을 때 나는 내 판단에 대해 더욱 확신을 갖게 되었습니다. 글씨는 뻔한 눈속임이었지요. 반지가 발견되자 의문은 속 시원히 풀렸습니다. 범인은 피살자에게 죽었거나, 또는 자기 옆에 없는 어느 여성을 상기시키기 위해 그 반지를 이용한 것이 분명했지요. 그렉슨에게 클리블랜드 경찰에 조회할 때 드리버의 전력의 특정 부분에 관해 질문했느냐고 물었던 것은 바로 그때였습니다. 하지만 박사도 기억하겠지만 그렉슨은 그렇지 않다고 대답했습니다.

나는 그때 방 안을 자세하게 조사했고, 범인의 키에 대한 내 판단이 옳다는 걸 알았습니다. 그리고 트리치노폴리 시가와 범인의 손톱 길이에 대한 부가 정보도 얻어냈지요. 나는 그때 방바닥에 떨어진 피는 범인이 흥분해서 터뜨린 코피라는 결론을 내리고 있었지요. 방 안에는 격투의 흔적이 전혀 없었으니까요. 또 핏자국은 범인의 발자국과 일치했습니다. 몸에 피가 많은 사람이 아니라면 이런 식으로 흥분해서 코피를 터뜨리는 일은 거의 없습니다. 그래서 나는 범인이 건장하고 혈색이 좋은 남자일 거라는 의견을 과감하게 내놓았던 것이지요. 결과적으로 내 판단이 옳다는 것이 입증되었습니다.

현장 조사를 끝낸 뒤, 나는 그렉슨이 간과한 일을 했지요. 나는 클리블랜드 경찰서장에게 전보를 보내 이노크 드리버의 결혼 관계에 대해서 알려달라고 했습니다. 결정적인 답신이 왔습니다. 드리버는 제퍼슨 호프라는 이름의 옛 연적을 피하기 위해 이미 법의 보호를 요청한 적이 있고, 호프는 현재 유럽에 체류하고 있다는 것이었습니다. 나는 결정적인 단서를 틀어쥐게 됐다는 사실을 알았지요. 남은 일은 범인을 체포하는 것뿐이었습니다.

나는 이미 마음속으로 드리버와 함께 빈집에 들어간 사내가 바로 마차를 몰았던 마부임에 틀림없다는 판단을 내리고 있었습니다. 도로의 바큇자국은 말이 주인 없는 상태에서 한동안 서성거렸다는 것을 드러내고 있었지요. 그런데 마부가 집 안에 들어가지 않았다면 도대체 어디서 있었겠습니까? 또 정신이 제대로 박힌 사람이라면 제삼자가 보는 앞에서 범죄를 저지르지는 않을 겁니다. 쓸데없이 증인을 만들 필요가 없으니까요. 또 있습니다. 런던에서 다른 사람을 미행하려고 할 때 마부가 되는 것보다 더 좋은 방법이 어디 있겠습니까? 나는 이 모든 사실을 고려해서 제퍼슨 호프가 런던에서 마부 노릇을 하고 있으리라는 결론을 내리게 된 것입니다.

마부가 범인이라고 했을 때 그가 일을 그만두었으리라고 생각할 이유는 없었습니다. 또 범인 자신의 입장에서 볼 때 갑자기 일을 그만두었다가는 불필요한 주목을 끌게 될 수도 있으니까요. 나는 범인이 적어도 한동안은 일을 계속할 거라고 생각했습니다. 또 그가 가명을 쓸 거라고 생각할 이유도 없었지요. 자신을 아는 사람이 아무도 없는 나라에 와서 굳이 이름을 바꿀 이유가 어디 있겠습니까? 그래서 나는 거리의 부랑아 탐정단을 조직해서 런던 시내의 모든 마차장에 조직적으로 파견했습니다. 그 애들은 결국 목표물을 찾아냈지요. 그 애들이 얼마나 일을 잘해 주었는지, 그리고 내가 얼마나 신속하게 그 성과를 활용했는지는 아직도 잘 기억하고 계실 겁니다. 스탠거슨이 피살된 사건은 전혀 예상치 못한 것이었고 어떻게든 그것을 막아내는 것은 불가능했습니다. 박사도 알다시피, 나는 독약이 쓰였다는 것을 이미 알고 있었지만 스탠거슨 사건을 통해 문제의 약을 입수할 수 있었지요. 어떻습니까, 전 과정이 어디 한 군데 빠진 곳 없이 논리적 연쇄를 이루고 있지 않습니까?"

"훌륭해요!"

나는 외쳤다.

"당신의 활약상은 마땅히 널리 인정받아야 합니다. 사건 기록을 출판하는 게 좋겠습니다. 당신이 하지 않겠다면 내가 하리다."

"박사, 그건 마음대로 하십시오."

홈즈는 대답했다.

"하지만 이걸 좀 보십시오!"

그는 내게 신문 한 장을 건네주며 말했다.

"바로 여기 말입니다!"

그것은 그날 자《에코》였다. 홈즈가 손가락질한 기사는 문제의 사건을 다루고 있었다. 기사는 다음과 같았다.

이노크 드리버와 조셉 스탠거슨의 살인범으로 지목된 제퍼슨 호프가 급사함에 따라, 이번 사건에 대한 대중들의 관심은 급격히 식고 말

았다. 사건의 전모는 영원히 어둠에 묻히게 될 전망이지만, 그럼에도 우리는 수사 관계자로부터 이번 사건이 치정과 모르몬교에 얽힌 해묵은 원한으로 인해 빚어졌다는 사실을 들어서 알게 되었다. 피살자 모두가 젊은 시절에 모르몬교도였던 듯하고, 사망한 범인 호프 또한 모르몬교의 본산 솔트레이크시티 출신이다. 사건 자체는 허무하게 종결지어졌지만, 적어도 우리는 런던 경찰 수사진의 실력을 대단히 인상적인 방식으로 확인한 셈이 되었다. 또한 차제에 모든 외국인들에게, 사적인 감정과 원한이 있거든 그것을 영국령까지 끌고 오지 말고 자기 나라에서 해결하는 게 현명하리라는 교훈을 안겨주었다. 이번에 신속하게 범인을 체포한 것은 순전히 런던 경찰국의 유명한 형사 레스트레이드와 그렉슨 양인의 공로이다. 범인이 체포된 현장은 셜록 홈즈라는 인물의 자택으로 알려졌는데 상기인은 아마추어 탐정으로 다소

간의 소질을 나타내고 있는 바, 앞으로 위의 두 형사 같은 스승을 만
난다면 어느 정도 개인적 성취를 이룰 것으로 기대된다. 앞서 말한 두
수사관은 사건 해결의 혁혁한 공로를 인정받아 표창을 받을 것이라
한다.

"처음에 내가 그렇게 말하지 않았던가요?"

셜록 홈즈는 껄껄 웃으며 소리쳤다.

"우리의 주홍색 연구의 결과가 바로 이것이지요. 형사들에게 표
창장을 타게 해주는 것 말입니다!"

"너무 괘념치 마십시오."

나는 대답했다.

"나는 사실을 죄다 일기에 적어놓았으니 앞으로 그것을 대중에게
공표하도록 하겠습니다. 그때까지는 로마의 구두쇠처럼 자신의 성
취를 스스로 자각하는 정도에서 만족해야 하겠군요. '사람들이 나
를 보고 비웃을지라도 궤짝에 쌓인 돈을 볼 때, 내 마음은 뿌듯하도
다(고대 로마의 시인 퀸투스 호라티우스의 말 — 옮긴이).'"

옮긴이 | 백영미

서울대학교 간호학과를 졸업했으며, 현재 전문 번역가로 활동하고 있다. 옮긴책으로 『셜록 홈즈 마지막 날들』, 『황금 두루마리의 비밀』, 『죽음 너머의 세계는 존재하는가』, 『타이타닉의 수수께끼』, 『히말라야에서 만난 성자』, 『의식 혁명』 등이 있다.

셜록 홈즈 전집 1
주홍색 연구

1판 1쇄 펴냄 2002년 2월 5일
1판 82쇄 펴냄 2015년 10월 13일
2판 1쇄 펴냄 2015년 11월 6일
2판 21쇄 펴냄 2024년 2월 29일

지은이 | 아서 코난 도일
옮긴이 | 백영미
발행인 | 박근섭
편집인 | 김준혁
펴낸곳 | 황금가지

출판등록 | 2009. 10. 8 (제2009-000273호)
주소 | 06027 서울 강남구 도산대로 1길 62 강남출판문화센터 5층
전화 | 영업부 515-2000 편집부 3446-8774 팩시밀리 515-2007
홈페이지 | www.goldenbough.co.kr

도서 파본 등의 이유로 반송이 필요할 경우에는 구매처에서 교환하시고
출판사 교환이 필요할 경우에는 아래 주소로 반송 사유를 적어 도서와 함께 보내주세요.
06027 서울 강남구 도산대로 1길 62 강남출판문화센터 6층 민음인 마케팅부

한국어판 © 황금가지, 2002. Printed in Seoul, Korea
ISBN 978-89-8273-401-4 04840 (1권)
ISBN 978-89-8273-408-3 04840 (set)

㈜민음인은 민음사 출판 그룹의 자회사입니다.
황금가지는 ㈜민음인의 픽션 전문 출간 브랜드입니다.

셜록 홈즈 실크 하우스의 비밀

앤터니 호로비츠 | 이은선 옮김 | 400쪽

코난 도일 재단에서 공식 출간한 새로운 셜록 홈즈
100년 만에 처음으로 공개되는 홈즈의 미공개 사건

1890년 11월, 홈즈와 왓슨의 앞에 유복한 미술품 딜러 카스테어즈가 찾아온다. 미술품 매매 과정에서 미국 갱단에게 원한을 사게 된 카스테어즈는 최근 살아남은 단원이 복수를 위해 미국에서 이곳 런던까지 자신을 찾아왔다고 고백한다. 다음 날 카스테어즈의 집이 절도를 당하는 사건이 발생하고, 홈즈는 그 범인을 부랑아 특공대를 이용해서 찾아내지만, 그가 묵는 호텔로 가 보니 남자는 이미 단검에 찔려 죽어 있다. 한편 남자의 흔적을 찾아낸 아이 로스가 시체로 발견되고, 누나인 샐리 역시 사라진다. 샐리가 남긴 유일한 단서인 "실크 하우스"라는 말과, 자신에게 보내진 하얀 실크 리본의 단서를 쫓아 홈즈는 아편굴로 잠입하는데…….

이건 두말할 나위 없이 완벽한 셜록 홈즈다. ─ 《가디언》
독자들이 코난 도일에게 기대하는 것을 잘 알고 있는 영리한 작가. ─ 《인디펜던트》
호로비츠는 홈즈 세상을 정확하게 집어냈다. ─ 《타임스》

셜록 홈즈 모리어티의 죽음

앤터니 호로비츠 | 이은선 옮김 | 424쪽

코난 도일 재단이 공개하는
홈즈의 공백기에 얽힌 또 다른 진실

세기의 라이벌이 사라진 런던에, 새로운 어둠이 스민다. 홈즈와 모리어티 최후의 결전지, 라이헨바흐 폭포에서 시작되는 놀라운 음모! 셜록 홈즈와 그의 숙적 모리어티 교수가 격전을 벌인 스위스 마이링겐의 라이헨바흐 폭포. 핑커턴 탐정 사무소 소속의 프레더릭 체이스는 런던 경찰인 애설니 존스와 황량하고 장엄한 그곳에서 조우한다. 두 사람은 모리어티로 추정되는 시체에서 미국의 범죄 거물 클래런스 데버루에게 인도하는 암호문을 발견하는데……

전작처럼 뛰어난 구성력과 노련함, 매혹적이면서도 음울한 1890년대 런던의 향취를 다 갖추었으며, 보다 야심차다. ―《가디언》

앤터니 호로비츠가 지독히 영리한 홈즈 패스티시물로 도전장을 던졌다. ―《뉴욕 타임스》

확실하게 이 책은 충분히 재미있는 완성도 높은 추리소설이다. 일단 걱정을 떨치고 책을 읽기 시작할 것을 권한다. 어쩌면 이 책이 셜록 홈즈에 입문하는 좋은 계기가 될 수도 있을 것이니. ―《씨네21》

셜록 홈즈 마지막 날들

미치 컬린 | 백영미 옮김 | 348쪽

93세의 명탐정, 인생을 추리하다!
이언 매켈런 주연 영화 「미스터 홈즈」의 원작

『셜록 홈즈 마지막 날들』은 93세라는 고령에 이르러 영광스러운 과거의 기억마저 가물가물해진 노년의 홈즈에게 조명을 비춘다. 노년에 이르러 육체적 능력과 기억은 극심하게 쇠퇴했지만 관찰력과 날카로운 통찰은 아직 살아 있는 그에게 주어진 '사건'은 냉혹한 살인마의 범죄가 아니라 자신의 과거이다. 평소 오랜 친구 겸 전기 작가의 권유에 따라 자신의 기억 속에 남은 사건을 정리하는 글을 쓰기 시작한다.

신중함, 예의, 우아한 느낌으로 가득한 사랑스럽고 가슴 따뜻한 책. 소설이라면 모름지기 이래야 한다. ─《위싱턴 포스트》
품위를 지키기 힘든 노년에 적응하는, 약해지긴 했지만 여전히 지적인 호기심이 왕성한 홈즈의 삶을 들여다본 야심만만하고 아름다운 소설. ─《퍼블리셔스 위클리》